酒　中　日　記

吉行淳之介 編

中央公論新社

目次

DTP　平面惑星

酒中日記

ムシマニスト？

吉行淳之介

毎日銀座で酒を飲んでいるように、私のことをおもっている人が多いが、それは大きな間違いである。以下は、某月の三十日間に、私が街に出て酒を飲んだすべてである。

某月某日

川上宗薫、日沼倫太郎と会って、めしを食う。老酒《ラオチュウ》少々。銀座へ出る。日曜日だったことを失念していた。馴染みの店はみな休店。川上に誘われて、上野御徒町《おかちまち》のキャバレー「ゴールデン香港」へ行く。丁度ショウがはじまっており、筋骨逞しい外人青年がテレビくらいの大きさの箱にすっぽり入ってしまう見世物である。私たちの席からは見えないので、私だけ立って行って熱心に見る。こういう見世物は大好きで、あの男の関節はみんな取りはずし自由になっている筈だ、とおもう。席に戻ってみると、川上と日沼は両手に女をかかえ、よろしくやっている。川上が元高校教師だったときの教え子というホステスも来ている。ビールを飲む。川上は顔がつやつやと赤くなり、思春期の少年のようにみえる。へんな男である。日沼は、謹厳荘重《そうちょう》な顔つきをしているが、内心こういう雰囲気は嫌いではなさそうだ。

通りかかりのホステスに、つぎつぎと指名をつける。そのうちの一人が、以前ほかの店で私と何度も会ったことがある、と言う。そういえば見たような顔だという程度のうろ覚えだが、その店の名を聞いておどろいた。六本木の「サンセット」といえば、一昨年私が見付けた小さな店で、ふしぎなマダムのいる面白い店だった。私はつぎつぎと友人を連れてゆき、一時は私たちの溜り場になっていたところである。その店にいた女なのに、なぜうろ覚えなのか、ふしぎにおもう。伯爵令嬢のにせものなどが出没したふしぎな店で、遠藤周作などは喜んで通ったものだ。やがてマダムが行方不明になり、閉店になってしまった。遠藤は私に、はやくまたあんな店を見付けろ、というが、なかなかに見付かるものではない。

某月某日

夕方五時半、神田神保町のうなぎ屋で、芳賀書店芳賀章氏、旧友の矢牧一宏と会う。随筆集出版の打合わせのためである。うなぎの肝《きも》焼きで日本酒を飲む。八時、新橋田村町の中国料理店で、三木のり平氏と会う。アサヒ芸能の連載対談のためである。老酒を飲む。終って、ア社徳間社長に案内され、銀座「プレジデント」へ行く。和製プレイボーイ・クラブとして売っている店で、兎の格好をしたバニー・ガールがいる。ウイスキーを飲む。十一時半、ア社布留川君とその店の女性二人を誘って、鮨屋にゆく。日本酒を飲む。口説くつもりだったが、まとまらず。布留川君に誘われて、新橋のスタンド・バーへ行き、ウイスキーを飲む。一人で、このところ仕事場になっている山ノ上ホテルに戻り、バーでバーテン氏とブリッジをやる。バーボン・ウイスキーを三杯飲む。ブリッジで少々勝ち、機嫌よく眠る。

その翌日。午前十時に目覚めてから、ひどい二日酔であることが分る。嘔吐《おうと》しはじめる。午後三時まで、嘔吐が間歇《かんけつ》的につづき、その度に全身冷汗だらけになる。目下、胃カタルで川島クリニックの厄介になっていたことを思い出し、反省する。夜、八時、ようやく人心地つく。こんな長い二日酔は、はじめての経験である。

某月某日

一人で銀座へ出る。「エスポワール」「ひめ」「シャトレ」とまわって歩いたが、知った顔には一人も出会わなかった。これは、みんな仕事が忙しいためではないだろう。銀座のあるホステスが、あるとき私に言った。「仕事を倍にしなさいよ、そうすれば、お金もできるし、女もできるし、遊ぶ時間もできるわ」これは、けだし真理だとおもう。さすがに良いところを摑んでいる。もっとも、私は自分の仕事を倍にしようとはおもわないが。

なぜ知った顔に会わないか。一つには、銀座のバーの勘定がベラ棒に高いためである。みんな怒っている。怒ってはいるが、怒りながら、ときどき足を向けるのだから、今日誰にも会わなかったのは、たまたまそうだったと考えてもよいだろう。もっとも、以前のような安直でくつろいだ雰囲気の酒場、たとえば新宿の「和《かず》」とか「とと」とかいう店がめっきり寡《すくな》くなってしまったことは事実である。

四軒目に、「メルヘン」へ行く。私が知っているだけでも、この店は「マントゥール」「モンクール」そして「メルヘン」と名前が変ってきた。銀座のバーの栄枯盛衰もはげしいものだ。この店で、中学時代の友人奥住君に遇《あ》う。彼とはふしぎな偶然で、しばしば出遇っているが、この店で会うのは初めてである。この店は、銀座にあるまじきラグビー場のような店で、客が少くなると、ホステスたちが一斉に私に襲いかかり、ズボンを脱がせようとする。私は彼女たちをつかんでは投げ、ちぎっては投げる。コブをつくった女もあった。「男の力はさすがに強いわ」というが、なにせ非力なので、手加減できない。懸命の抵抗なので、被害も大きかったのだろう。柔道五段の奥住君は、黙ってにやにや傍観である。

某月某日

文芸の寺田編集長に誘われて、安岡章太郎と三人で、銀座「ゴードン」へ行く。安岡が傍のホステスに、毛じらみが睫毛《まつげ》まで上ってくると死ぬんだ、と説明している。「死ぬって、虫が死ぬの」とそのホステスが言うので、私は口をはさみたくなった。「人間の方が死ぬんだよ、きみは人間より虫のことを心配している。ムシマニズムだな、きみはムシマニストだ」虫《ちゅう》マニズムといわないで、ムシマニズムと言った方が上等のシャレと思ったのだが、いまこうやって書いてみると、別段おもしろくもない。

しかし、酒席の話題は、こういうバカバカしいものに限る、と私はおもっている。安部公房から安岡に電話がかかってくる。新宿の「ゴードン」にいるという。そちらへ行くかもしれないと言うことだったが結局現れず。帰りぎわに、北杜夫がふらりと入ってきた。

（昭和41年1月号）

世も末の記

北 杜夫

某月某日

マンの「ブッデンブロオク一家」の映画があるというので、辻邦生氏と神田のナントカ講堂へ見にゆく。映画はトオニイとグリュンリヒが街角でぶつかる場面から始まり、単なる人情劇となっているが、なかなか適材の役者たちで興ぶかく見られた。終り近く、ふと涙が滲《にじ》んできたので、ひそかにそれをぬぐった。終って周囲が明るくなると、辻が同じく涙をぬぐっているので驚愕《きょうがく》した。

新宿の「マツリカ」へゆく。福永武彦氏が教え子らしい若き女性にかこまれて、ひどく元気げにしゃべっている。私は氏のやせた体や病気のことを話される口調を聞くたびに、自分よりもエネルギーのないかも知れぬ人がここにいると感じ、安堵《あんど》と尊敬の念を抱いたものだが、今夜はいやに元気そうで、果してその後、氏は長篇などを書きだした。鈴木力衛《りきえ》氏もいらして、これまたひどくお元気である。どういうわけであるか。

そもそもこの店の元店「未来」というバーへは、私はかなり昔から行っていて、その二階の窓からうらぶれた連れこみ宿が見えるのだが、そのためにここにくる作家なども おり、或いは井上光晴氏がわめいていると壁などくずれてしまいそうな貧相な店で、たまに改造などすると、前よりもわるくなってしまうふしぎな店であった。

私はこの店がつぶれるのを愉《たの》しみにしており、もうそろそろペンペン草が生えているかと覗きに行ってみると、前よりも繁昌していて、私はいつもおもしろからぬ気持であった。あまつさえ私はあるときこの店の急勾配《こうばい》の階段から転落し、アバラを打って息もできずに横たわっていた。すると、上ではみんながゲラゲラと笑っており、するうち一人のアイスキャンデー屋の男が近寄ってきて、自分には医術の心得があるといい、私の体をひどくもみほぐした。私は痛さに悶絶せんばかりで、この店にはどうしてもペンペン草を生やさなければいかぬと決心した。この階段からは埴谷雄高《はにやゆたか》氏の奥さんも転落したことがある。

けしからぬことに「マツリカ」も繁昌しており、私はユーウツであった。この店にはろくな子はいないようで、気立てのよい子は揃っており、もう何年も顔ぶれがほとんど変らないのである。

某月某日

かつて私は兄の家に長らく居候しており、そこは四谷大京町の要所で、新宿などに呼びだすに都合がよいため、夜ともなれば頻々《ひんぴん》と誘いの電話を受けた。それが医者関係、三文文士関係と二倍あったが、そのたびに私はいそいそと出かけていったものであった。

いまや私は誘われて出かける気がまったくしない。少し酒をのむととめどなくユーウツになる。少し元気になるまでのむと二日酔がひどいのである。

麻布は狸穴《まみあな》にあるごく小さな「エルベ」へ寄る。むかしは若いママさんが一人でやっていた素人バーで、どういうわけかつぶれず、今では他に二人の女がいる。オネエさんと呼ばれる女は、どうといって表現のできぬ、面妖な声を出す。この面妖な声を聞きに、ごくたまに寄ることにしている。

某月某日

たまたま吉行淳之介氏と「ゴードン」へ行く。はるかむこうの席に篠田一士《しのだはじめ》氏がいる。はるかむこうにいるのだが、釣り堀の池にクジラがはいってきたように見える。

昨日書きあげたものが史上稀《まれ》にみる大失敗であったとわかっているので、いくらのんでも酔わぬ。吉行氏はちらりと触《さわ》るという特技を有しており、隣でちらりと触っているらしい。

ところが私は医者ではあるが、一年くらい前から女の胸などを診察するのがひどくオックウになってきた。羞恥の念さえ抱いてきた。必要がなくても聴診をして患者を安心させねばならぬ場合があるが、私はもう恥ずかしくて、若い女の胸などとても見られぬ。それでは困るので、医者をやめることにした。

医者という職業上、何千というオッパイを見てきたが、さてそれをやめたとなると、ちょっと見てみたい気持もする。しかし、恥ずかしくてとてもできぬ。バーの女性のオッパイもさわれぬ。これではどうしたらよいか。

安部公房氏がはいってきて、誰彼をみんな腕相撲で負かした話をする。ボクシングの学生チャンピオンを負かし、銀座一強いというバーテンをころりと負かした。自分は肉体労働に進むべきだったので、道をあやまったのだ、云々。

むこうの席に、野球選手らしき若者たちがきて、ひとしきり実に愉しげに飲んだ。バーにきて、あんなに愉しげなのはいいなあ。かつては私も元気であった。みんなで五百円くらいずつ出しあって、責任者にあずけて、アルサロにゆくと、これが実に愉しかった。七十五番という女の子がいて、私は小説の中に無理をして七十五番という数字を出したほどであった。

のちに、新橋の方のクラブに移っていた七十五番に呼びだされたことがあったが、七十五番もうらぶれていたなあ。

某月某日

いまや私はうらぶれて、自分の部屋でちびちびと酒をのむ。よみがえるのは遥かな過去の思い出ばかりである。

仙台銀座に「太田」というバーがあって、私たちは毎晩のようにそこへ行ったが、数日に一度くらいしか注文せず、店の一番端《はし》っこに坐っていた。すると二人の女の子が、他の客の飲みのこしたビールを持ってきてくれるのである。半分くらい残っているものもあれば、まるまる一本残っているのもあった。そして私たちは彼女らとジルバを踊って、看板までいて、おまけにごっそりマッチを貰って帰るのであった。あれが天国でなくてなんであろうか。

キャバレーへ行くのは心ときめくわざで、そこへゆくにはまず金をためねばならなかったが、豪華な宮殿のようにも見えたものであった。すごい、きれいで可愛くてなんともいえない若い女がいたが——とにかくそう思えたのだ——私がその女とチークをしていると、見知らぬ客がきて私の顔にクリスマスのパーンという奴を射ち、私はあやうく失明するところであった。

言いがたく悲しいことは、かつての幻しの店が現にここにあったとしても、すべての店と同じくつまらない店にちがいないことである。

ものなべてつまらない。すべての店にペンペン草よ生えよ。そう思って、たまに視察にゆくと、どうもうまくいっていないのである。

（昭和41年3月号）

夜ふけの歌

開高 健

某月某日

夜ふけにウイスキーをちびちびとやる。原稿がなかなか進まなくて困る。魔よけのオマジナイにといってサイゴンで買ったトラの爪を首にかけて机のまえにすわっているのであるが、なかなか幸運をひっかけてくれない。戦争でトラやゾウなどはとっくに逃げたはずだと思うのにあの都ではたくさんトラの爪のキー・リングや、ゾウの足の雑誌入れなどを売っていた。一説によるとプラスチックで、日本製なのではあるまいかという。燃やせばわかるといわれたが、そのまま首にかけてある。

ウイスキーを飲みつつ文章を書くのはむつかしい。酔って酔わず、さめてさめずという状態をコンスタントに保《たも》つのがむつかしいのである。アルミの茶瓶をそばにおいて、ちょいちょい口うつしに水を飲んではウイスキーをやるのである。井戸水だから水はとてもうまい。私の住んでいる杉並のはずれは昔から水だけはとてもいいのだそうである。井戸水を飲み慣れると、たしかに水道の水はカルキくさく、味がないとわかる。

某月某日

インド人の新聞記者が午後やってくる。今年のインドの食糧難（毎年そうだが……）、ちょっと想像を絶するような話をめんめんとして帰っていった。毛沢東でもダメ、レーニンでもダメ。誰がきてもダメ。政治ではどうしようもない。水。雨。とにかく水がなければダメ。考えつける唯一の策は、何百万人と人間が死んで人口が減らなければどうしようもないという話である。

「われわれはいつも五ヵ年計画の第六年目にいるんだよ」

という。政府の計画はいつも失敗しているという皮肉である。ソヴェトや中国が農業がうまくいかなくてカナダから小麦を買付けるので、インド人が手をつっこむすきがないともいった。小田実がこのあいだインドから帰ってきて、『友情による奴隷会社』という会社をつくって、人手不足の日本にインド人を輸入してはどうかといってた。ドイツ、フランスなどは、スペイン、ギリシャなどの困民を政府間協定で毎年、〝輸入〟しているのだから、考えてもいいことである。

今夜もウイスキーちびちび、水ちびちびで仕事。『朝日ジャーナル』に連載の小説の原稿。新聞に小説は以前一回だけ書いたことがあるけれど週刊誌はこれがはじめて。輪転機の貪婪《どんらん》さに茫然となるばかりである。今年はこの小説と『文学界』に連載の二つだけ。あとは何もかも御辞退して家にひきこもったきりの毎日で、酒場にもいかず、パーティーにもでず、精進一途《しょうじんいちず》なのだが、毎夜、ヒイヒイと音がする。

某月某日

岩波書店の宇田さんから電話。昨年暮れからのびのびになってる案件をどうするか。彼ら夫妻は昨年末発作《ほっさ》におそわれたように貯金をハタいてパリへいき、十日間、パリで暮し、ふらりと帰ってきた。ひどくシャレた旅をやったのである。土産《みやげ》にストラスブール産フォア・グラと、キャヴィアと、ゴルゴンゾラ・チーズ、ナポレオン・コニャック。それが夜な夜な解放を求めて泣く声がやかましくて寝られないという。五月三日に藤沢の彼らの家へいくこととする。安岡章太郎宅に連絡の電話。留守。ほっといてやろうかしら。二倍食べられる。便りなきはよき便りというしネ。

某月某日

サン・アドの坂根君から電話。このあいだパリへいった原子力の佐久間稔君がマデイラの本格逸品《いっぴん》を一本くれたので、いつか飲もうといってあった約束である。坂根君はいつがいいかという。銀座の『煉瓦屋《れんが》』なら持込みをゆるしてくれるかもしれないから封を切りたいというのである。ウムウム、そうネなど、寝そべったまま生返事する。宇田君の場合とおなじである。こういう約束は煮えきらない返事をしているあいだが楽しいものである。

『渚から来るもの』の主人公はとうとう今夜、ガレージで寝た。彼のアムールーズはガレージにベッドを持ちこんで暮している。それくらい貧しいのである。ガレージの奥には土ガメがある。ほかには何もない。その土ガメの水はとびあがるほどである。熱帯でも二月の夜ふけはそれくらい水が冷える。アムールーズとたがいに体を洗わせるが、二、三回あとの回にまわすこととする。

朝。五時。ペンをおく。

畑をわたる牛乳屋の瓶《びん》の音。

某月某日

昨年からずっと大江健三郎君に会っていないので、何ということもなく電話をかけたら、原稿がなかなか書けなくて、アルコールとノイローゼと肝臓だという。肝臓がわるいと目が黄いろくなるよといったら、ア、待ってと声がし、鏡を見ているらしい気配。ちょっとしてから、ア、ア、何ともないやという。いつもの被害妄想らしき様子。

昼は寝床のなかで読書。自分が作品を書いているときは影響をうけると困るので、そういうのでなさそうな本を読むことにしている。ゴリラ、チータ、魚、カワウソ、ライオンなど、今年になってから私はずいぶん読んだ。これで昆虫と植物がおもしろいようだともっと白昼がすごしやすいのだけれど、虫と花はあまり好きでないのでよわる。黒沼健氏や吉田健一氏などの前世紀の怪物の本などは何度読んでもつくづくたのしい。

夜。ウイスキーちびちび水ちびちび。

タイ式ボクシングのことを書く。

某月某日

大阪から小松左京がでてきて、夜ふけに電話。六本木の「シチリア」というイタリア料理店にいるという。

夜ふけの町へでていくのはじつに何ヵ月ぶりか。あいかわらずヤニっこい小僧どもがさわいでいるのかと思って十年程前にいったことのあるその地下室へおりていったら、若者はあまりいなくて、小松左京が大きな声で何かマトモなことを嘆いていた。彼はしばらく見ないうちにまたまた顔が膨張してホロンパイルの草原のようになり、そこに小さな細い眼があって、しきりに嘆いたり、笑ったりした。とつぜんなにかせんずりがどうしたとかこうしたとかなどともいった。赤ぶどう酒を飲み、シェリーを飲み、ハイボールを飲む。加藤秀俊氏がいて、去った。星新一氏とそのスターズが来て、坐った。星さんとは、はじめて。上方落語と江戸落語、西と東の笑いの相違の話などはじめたらたのしかった。西の笑いはひらいていてユーモアであり、東の笑いは閉じていてウイットであるというのが私の説。星さんの笑いはウイットである。小松の笑いはユーモアとウイットの混合形である。私のこれまでに書いたものの笑いもどちらかといえばそうである。

帰巣。瞑想。困惑。放屁。就寝。

（昭和41年7月号）

マニーとマネーと

安岡章太郎

某月某日

午後、ひる寝の目を覚まして、台所へ清涼飲料をのみに立ったら、食堂にライン・ワインの箱がある。二本入っている。おもてに、

「安岡章太郎様　　北杜夫」

とある。白ブドウ酒である。清涼飲料よりは、こちらの方がウマそうだから、早速、センヌキでコルクのセンをぬいたら、すこし発酵《はっこう》しかけているのか、ポン！　とシャンペンでもあけるような音がした。グラスに注ぎ、半分のんだところで、どうして北氏がぼくにこんなものをくれたのか、と思った。私は別に北氏を外で御馳走したこともなく、こんなものをプレゼントされる理由は何もなさそうだった。電話してみることにする。

「モシモシ、北くん？　いや、あの斎藤さんのおたくでしょうか」

北杜夫の本名は斎藤宗吉、神経科のお医者さんである。家庭のシッカリした、育ちのいい紳士である。この間は、お母さんと一緒にアフリカへ猛獣狩りの旅行に出掛けた。こんな豪快なるバカンスをこころみる人には、当方も言葉づかいは正しくしなくてはいけない——。すると、はたして、

「アー、ダレですか、いまじぶん？　ぼくは北ですが、ぼくがいまマーニーになってるということを知らないんですか」

と、ひどく不機嫌な声がひびいてきた。

「マニー？　そりゃ何です、お金のことですか」

「お金？　ああマネーじゃないですよ、マーニイ、つまり精神病理学でいうとソーウツ傾向のある患者でして、ぼくは医者だからよく知ってるんですが、最近ぼく自身それであることの特色が極めて明瞭《めいりょう》でして、危険だからぼくには近寄らん方がいい、と今月号の『新潮』に広告、じゃないけれど、そんなものを書いて、発表したところです。あれを読んでください、あれを……」

私は聞いているうちに、こちらのアタマがおかしくなったような不安に襲われた。

もし北氏が本当に、そのマニーとやらであるとしたら、いま彼が私に贈物をしたことも、その精神病理的徴候の一つであるかもしれない。しかし私は、もうブドウ酒のセンをあけて飲んでしまっている。そういう自分を正当化するためには、ぜひとも北氏のアタマが正常であり、ぼくの健康か文運かを祝福して、このブドウ酒をくれたものだと思いたかった。それで私は、

「君は自分で自分をヘンだと診断しているけれども、その診断こそがヘンなんじゃないの。君は小説家としては立派だけれど、医者的にはヤブだと聞いたことがある。君は自分で自誤診してるんでしょう。ぜんぜん正常だよ。ただちょっと電話の声がロボットと話しているみたいではあるけれど……」

せっかく一生懸命力説したのに、ここまできたとき、電話器の向うから突然、

「なに、ロボット?」と物凄《ものすご》い声がハネかえってきた。「ロボットか、こりゃおどろいた。どうしてぼくがロボットなんです。うん、これは警戒しなくちゃ、いよいよぼくもロボットに間違えられるようになっては、もうオシマイか……」

無論、当方としては北氏をロボット扱いにしたつもりはない。ただ、電話の声がロボットを連想させると言っただけだ。どっちにしても、これ以上長話しして彼の気持

をイラ立たせてはいけないと思ったから、電話器を置いたが、どうも出かかった小便を中途でやめたみたいで気が落ちつかない。それで別に用事はなかったが、大江健三郎のところへ掛けてみた。


「もしもし大江くん、こちらは……」と言いかけると、向うからイキナリ、

「安岡さんですね、あなたは、まったくスバラしい、ちょうど好いところへ好い電話をくれる人であります」

と、ハズんだ声がひびいてくる。何だかわからないが、私も幸福になり、突嗟《とっさ》に、

「いやー、おめでとう」

と言ったら、大江氏はまた上機嫌に、

「いや、まったく、きょうは朝からじーっとステレオの前に坐ったきりで」

とこたえた。それでわかった。かねて私は、大江氏の持っているもののなかで、最も粗悪なものは彼のステレオ装置である、とS誌のS君などに言いふらしていたところ、それを知った大江氏は唇をかみしめ、「よーし」と深く心に何かを感じた声を発したという。つまり彼は私の家にあるよりも何倍かすぐれた機械を、今日買い入れた

というのであろう。

「スピーカーは何にしたネ？　タンノイの一五インチかね、それともワーフデール？　アンプはマランツ？　カートリッジは……？」

私は矢つぎ早やに、そんなことを訊《き》いた。すると大江氏は、だんだん低い声になり、

「いやー、いやー、そういうもんじゃないんだけど、……とにかく聴きにきませんか、ただしですネ、今日はゼッタイに機械の悪口は言わないと約束すること、さもないとボクは、ぜ、ぜ、ぜつぼうして、あなたに乱暴をはたらく、いや或いは、かえって女房をなぐるかも……」

そうきくと私も興奮せざるを得なかった。飲み掛けのブドウ酒のセンをして、それを持って家を出た。

すでに、あたりは暗かった。成城の町でタクシーを下り、うろおぼえの道をさがしたが、どの家も門のまわりにレンガが積んであり、ヒマラヤ杉が枝をのばしているという点で共通しているためにサッパリわからない。やむを得ず電話で道を訊こうと思ったが、公衆電話のボックスには、さっきから二十歳前後の女が二人がんばって、何

やらしきりにフザけた電話をかけている。

「だからさア、男の子が一ぴき足りないのよウ、だまって来ればいいの来れば……。だいじょうぶだったらよう」

つまり彼女らは、パーティーか何かで男にアブレているらしい。フラレているとわかったら、さっさと引き下がればいいのに、意地になって誘惑しようとかかっている。そんなことだから、なおさら男に嫌われるんだろう。……待つこと二十分ばかり。こちらも意地になってボックスのあくのを待っていたら、うしろで自転車のベルがリンリンと鳴り、振り向くと、健三郎が立っていた。彼は私が、ボックスの女たちに興味を抱いているのだとでも誤解したのだろうか、

「こんなところで何をしてるんです。さア早く家へ行って一緒にステレオをききましょう」と、ひどく早口に私をセキたてた。

（昭和41年9月号）

酒びたり好日

瀬戸内晴美

某月某日

ホテル生活三日め、ホテルの食事にあきあきしたので、のみ友達のK氏が陣中慰問に来てくれたのを誘ってふぐをたべにゆく。

築地の「ふぐ源」、十月一日から三月二十日までしか商売しないというがんこおやじさんは相変らず元気で、紺がすりの着物で座敷に挨拶に来る。

この人は自分の料理が自慢で、お酒もあんまりのむと、料理の味がわからなくなるといって叱られる。それでもここのふぐは美味《おい》しい。ひれ酒三杯、あとお酒を二本くらいでやめておく。いつもは白子酒をのましてくれるのだけれど、今日はまだないとの事。おやじさんはいつでも白子酒をくれる時、

「先生、今夜はすごいですよ」

と自信あり気にいう。でもまだ一度も白子酒ですごさを感じたことはない。すべて何々酒というものの効用は伝説ではないのかしらん。ホテルへ帰って、のみたりない分をホテルのバーでおぎなう。ベルリンオペラの歌手たちが横でのんでいて、サインを需《もと》めに来る人たちをボーイが追っぱらっていた。このホテルのバーは深夜近くなるほど外人ばかりになるので、どこか遠くへ旅しているような気持になる。

某月某日

横浜へ船を見にいく。南京町で安くて美味しい支那料理をたべ、老酒をのむ。昼酒は腹にしみる。いい気持になって外人墓地へゆき、門衛をごまかして中へ入れてもらう。元町を歩いて黄色い服を買い、ポピーで男ものマフラーを買い、伊勢佐木町へ出てビールをのむ。また今日もホテルのバーでスコッチで仕上げ。ホテル住いが多くなったせいか、この頃とみに洋酒の腕が上った。

某月某日

「わたき」でSさんと食事をしていたら、O氏が来る。三人とも相当お酒が入ったとところで銀座の「眉」へゆく。「眉」の美人たちにとりかこまれ、例によって、手相だのトランプだのと、さわぎながら、ブランディをのむ。仕事するため、ホテルに来ているのか、お酒のみに来ているのかさっぱりわからない。

瀬戸内晴美が男に逃げられて毎晩やけ酒のんでると噂《うわさ》がたってるよとSさんが笑う。こんな美味しいのがやけ酒なら、あと三、四度、男と別れるのも悪くありませんねと笑う。

某月某日

まだ仕事終らず、帰れない。S社の連載の件で築地の料亭で御馳走してくれる。高山の田舎風の座敷、お料理よし、お酒よし、すっかりいい気持になる。そこへゆく前、銀座で車とめてもらって、ヘネシー一本と、ホワイト・アンド・ブラックとキャビアを買いこんだのを若い同行の編集者にすっぱぬかれる。

ようやく仕事はかどる。深夜、ホテルの壁の鏡に鬼のような形相の女が映っている。まぎれもなく仕事中のわが姿、あさましくなり、酒でものまなきゃあという気持になる。ウイスキイのびんに手をかけたのをやめておく。私は酔って仕事は出来ないたちなのだ。それにひとりでのむ酒はわびしくていやなものだ。のみ友達というのはむつかしい。友達のうちはいいけれど、恋人の域に入ると、私は相手の酔いかげんばかり気にしてこっちが酔えなくなってしまう。損な性分だと思う。

某月某日

C社の講演で大阪、京都へ来る。小林秀雄、江藤淳、今東光氏の御歴々と御一緒。大阪へ着くとすぐ「吉兆」へ入り、出番までお酒だ。小林先生はいつでも日本酒がお好き。今先生はカクテルの中のさくらんぼでも酔っぱらうという、見かけによらない下戸《げこ》。でも素面《しらふ》で酔っぱらい以上にすごいことばかりいえるのだから、得な性分の方だと思う。

「吉兆」の女中さんたち、みんな私の酒のみのことを知っていて、いくらでもついでくれる。これから喋るのだから、だめよ、だめよといいながら、たちまち、二本はぺろりとあけてしまった。三本くらいあけたかしら、出番が近づいたので、小林先生、江藤さんよりお先へ会場へゆく。

大阪の講演終って、京都へ入り、はじめてのわが家へ泊る。今度縁あって西の京の御池《おいけ》通りに家を買ってしまった。この家のためいっぱい借金背負ってしまったので、まずは人質の形で、京都市に籍も移さなければならないという始末。私の放浪性はどこまでいったらおさまるかわからないので、この家だっていつまでいることやら――とにかく戦前建った家なので、家らしい家で、今のところは大いに気にいっている。まだ荷物もつかないし、ふとんとガスがあるだけ。それでも、カーテンはつってくれてあるし、畳も新しくなっているし、すっかりきれいになっている。

お酒がないのが玉に傷。叔母が、お米もまだないのにお酒がないのは当り前だという。

某月某日

今日は京都講演、終って祇園一力《いちりき》で慰労会。考えてみれば今年の正月は、一力のこの赤壁の部屋でお正月をしたことを思いだす。

まさかその時、京都住いになろうとは予想もしなかった。

縁起をかつぐなら、そんなところから、京都住いの縁があったのかもしれない。

お正月は一力のこの部屋で、芸者さんや舞妓さんとのみっくらをして、私は最高に酔っぱらって、うどんの丼の蓋に両側からお酒をついでもらい、酒呑童子《しゅてんどうじ》みたいにそれをのんでしまった。その写真がちゃんと写されていて、後から送ってこられたのには閉口した。

その時の可愛い舞妓が今夜もいて、思いだして笑う。もう一人はすでに衿替えしたという。

今先生にこの部屋で舞妓さんのすった墨で新しい家の表札書いてもらう。表札はC社でいただく。今先生のサイン入りなので盗まれたら困るから二枚書いてもらう。大僧正の表札は京都にもざらにはない筈である。

某月某日

明日の文士劇の割けいこのため、水上勉さんに誘われて、夜、新橋の米村へゆく。米村の美しい若女将が、宇野浩二の愛人の娘さんだと聞いてびっくりする。「鬼の棲家」の校正中なので、もっとよく取材して、「鬼の棲家」をよくしたいと思う。中村賀津雄さんに来てもらったのにけいこちっともしないで、ブランディばかりのんで、おしまい。勉さんの桂小五郎、私の幾松《いくまつ》が銀橋へ出て、ラブシーンを演じるのである。

いっぱいのまなきゃ、とても素面でやれたものではありませんや。

（昭和42年2月号）

※昭和四八（一九七三）年、平泉中尊寺にて得度。現在は、瀬戸内寂聴の名で活躍中。

四人の天女と

遠藤周作

某月某日

夜、座談会で、銀座中嶋にて石垣純二先生と大空真弓さんと飲む。

大空さんには前に一度しか会ったことはなかったが、今夜は一段と顔の色つやも美しく眼もかがやき、文字通り明眸皓歯《めいぼうこうし》、さながら天女が地上に舞いおりたかと思われるほどで、夢のような心地である。

石垣先生も御機嫌うるわしく、彼女がブランデーと牛乳を愛好していることにいたく感心され、ブランデーは精神安定をもたらし、牛乳は体の栄養の素だとしきりにほめられる。

先生の説によれば、女性ト向イアッテ、ソノ女性ガシキリニマバタキヲスルヨウナラ、希望ヲモッテヨイとのことである。けだし女性は緊張するとマバタキをするからだそうだ。そこで余ひそかに大空さんを窺《うかが》うに、彼女の明眸は一向に石垣先生にむかってもまばたかず、余にむかってもパチリともせぬ。要するに彼女は石垣先生には全く関心なし。余についてはゴミタメのネギか路の小石と同じに考えているらし。

余「牛乳をあまり飲むと下痢をなさいませんか」

大空さん「牛乳では下痢をしませんわ。人肌ほどの温かさでのめばいいのよ」

しかし大空さんは撮影の時、緊張がつづくと必ず下痢をされる由。大空さんの場合は神経性の下痢ならんと石垣先生、説明される。

余は同じような話を瑳峨三智子さんから聞いたことがある。瑳峨さんも舞台に出る前、烈《はげ》しい下痢をするそうだ。

某月某日

夜、N新聞社の招きで山本富士子さんと福田屋にて飲む。いや、もう美しいの、何のって、さながら小野小町が現代に生きかえったようで、幻の世界をさまよう心持である。

ヤマモト・フジコ、何という明快にして率直、簡にして要をえた名前であろう。正月元旦のカレンダーのようにハッキリした名前。字でいえば、草書やクズシ字ではなく楷書《かいしょ》のような名前。そして、その美貌も楷書のようにハッキリとして誰にだって理解できるような美貌である。そうではござらぬか。皆々さま。余は五年前、慶応病院に入院していたことがあったが、偶然、余の主治医は彼女の夫君、古屋丈晴氏の主治医でもあった。当時のことを色々聞くと、彼女の談、左のごときである。

丈晴さんと始めて会ったのは古賀先生のお宅でしたの。一眼会った時から、やさしいあッたかーい人のような感じでした。それから交際が始まったんですけど、始めはあたしの家もこの結婚に反対でしたの。でも二人で手紙のやりとりをしました。二人の手紙ですか。五十通ぐらいあります。

余「その手紙、今でも取ってらっしゃいますか」

山本さん「もちろん、しまってありますわ」

余「富士子と丈晴『愛と愛とを見つめて』と題して出版したらベスト・セラーになるでございましょうねえ」

山本さん「いやですわ。絶対に出版しません」

余「ごもっともです。ごもっとも。ところで、あなたは丈晴さんにぶん撲《なぐ》られたことがございますか」
山本さん「まア、丈晴さん、そんなことしませんわ。あなたは奥さまをお撲りになりますの」
余「この間も二階から蹴落してやりました」
山本さん「そんな……まア、ひどいわ、そんな」
余「ではあなた、夫婦喧嘩なさいませんのでございますか」
山本さん「そりゃ……時々いたします」
余「そうでしょう。その時、どうなさいます、あなた」
山本さん「黙って部屋にかくれますの。でも、私が結局、折れますの」
偉いッ。立派。さすがは山本富士子。大和《やまと》なでしこの鑑《かがみ》。立派なものだな。諸君のおカミさんたちと根本的に違うではないか。

某月某日
園まりさんと対談で飲む。テレビでみると大人っぽいが、実際はまだ娘らしい娘。しかし眼のあたりに何とも言えん魅力が漂い、可愛いの可愛いくないのって、さながら童話でみる白雪姫と向きあったごとくである。
余「あなた、胃腸がお弱いですね」
園さん「はい」
余「便秘症でしょ」
園さん「…………」
余「便秘の時はおヘソの右、十糎《センチ》を軽く押しなさいよ」
園さん「…………」
余「あなた、恋人は」
園さん「今はいません」
余「では、前はいたのですね」
園さん（蚊のなくような声で）「ええ。でもその人、あたしが好きだって知らなかったんです」
余「なに？　あなただけの片想いですか」
園さん「はい」
余「どこで会ったんです」

園さん「その人、テレビ局に見学に来てたんです。で、一寸、お話したら芸能界の人にないところがあって、好きになったんです」
余（ゴクリと唾をのみ）「で……その男……あんたが……自分を……好きということを……最後まで……知らなかったですか」
園さん「はい」
余「ああ、何ということだ。何というモッタイないことだ」
園さん「でも……仕方なかったんです」
余「その男の人は……今でもこの東京に……生存しとるですかッ。生きとるですかッ」
園さん「はい」
余「うむ。彼は今でも……園さんが自分のことを好きだったと……知らない。うむー。何というモッタイない。うむー」

某月某日
対談にて桑野みゆきさんと飲む。

余「失礼ですが、あなたのお小遣、月いくらでしょう」

桑野さん「そんなに持っておりません」

余「私は吉永小百合さんに同じことを伺ったらポケットに千円ぐらい入れていると言っておられました。緑魔子さんは四千三百円もっていました。この眼でみたから確かです。松原智恵子さんは私の前で財布をあけて下さったら六千円だけお持ちでした」

桑野さん「今日は買物をいたしますから、それより多く持っております」

（昭和42年3月号）

罪ほろぼしの酒

阿川弘之

某月某日

古い友人が四人わが家に集る。共産党員のT、元共産党員で仏文出身の弁当屋Y、高校教師で熱心なカソリック信者のM、ものを書いているF女史。あり合せのウイスキーの廻るほどにやがて政治論議となる。

僕、首をすくめて話に出来るだけ介入しないようにする。介入すればどういうことになるか、二十数年来の経験でよく分っている。要するに、今のうち悔い改めよ、その方が何はともあれ身のためであろうというのがいつも結論になるのである。

結局しかし火の粉がふりかかって来た。Tが、「お前の資本主義的反動精神は未だ直らないか」とお決りのことを言い出すと、Mが「哀れな君には、未だ神の恩寵《おんちょう》が無いようだ」と言い、共に口を揃えて、古い友人としてとても見るにしのびないなどと言った。

贖罪の方法として、とりあえず今夜われわれに美味《うま》いものをおごれという。やむを得ず四人と共に六本木に行き中華料理を食う。

僕の友人たちはどうして皆こう話題が偏《かたよ》るのか。作家の友人某々らは女性の肉体の話しかしないし、某々らは今月の誰の短篇がどうとか、そういう話しかしない。そして今夜の友人たちと来たら政治論ばかりである。首をすくめてもっぱら食っているうちに、酔っぱらった共産党と酔っぱらったカソリックとが大喧嘩をはじめて、間もなく解散となる。

別れぎわにTが僕の手を握って、

「お前顔色があんまりよくないぞ。ゴルフでも何でもして健康になって、時々俺たちに罪ほろぼしをしろ」と言った。

某月某日

共産党にすすめられたので、思い立ってゴルフの練習場に行く。

去年の十一月から旅行つづきで、半年ちかくゴルフをしていない。下手がますます下手になっているにちがいない。

石川達三さんからハガキが来た。

「君の旅行記全部読んだ。君が身心ともに若いのに羨望を感じた。これでどうしてゴルフが上手にならないのか不思議な気がした。シツレイしました」とあった。

これは、去年僕が人のあまり行かないブーゲンビル島ガダルカナル島の古戦場を旅して来たあと書いたものがお眼にとまっての感想である。石川さんから便りをもらうなぞほんとに珍しいが、考えてみると僕、中学校の時からテニス、キャッチ・ボール、鉄棒すべて下手糞で苦が手であった。キャッチ・ボールをして校舎の二階のガラス窓を破ったことがある。どうしてそういう風になるのか分らない。

案の定、球はまともにクラブにあたらない。たまにあたれば大抛物線《ほうぶつせん》を描いて右の方へ飛んで行く。地面を思い切り叩いて、指をいためる。

いやになり、やめて練習場のバーでヤケ酒を飲む。

某月某日
終日原稿を書いて暮す。

考え考え少しずつ書きたいと思うことを書いているのは、つらい作業だが必ずしもいやではない。

電話も鳴らず人も来ず、カレンダーは今週も来週もまッ白で誰とも何の約束も無いという状態が僕は好きだ。

実際はしかしそういかない。電話が鳴り、人が来、書きたくない乃至《ないし》は書けそうもない原稿を書くことで追い立てられる。

「お忙しそうで結構ですな」と言う人があるが、お忙しいのは決して結構でない。

夜になってAとBが遊びに来る。カクテルを作れというので我流のドライ・マルティニを作って飲ます。

Aが、

「なかなか美味いじゃないか」と言うと、Bが、

「お世辞を言うな」と言い、それでAとBが喧嘩をはじめた。

「お世辞とは何だ」

「お世辞じゃないか。こんなものはドライ・ベルモットとジンとまぜて氷をぶちこみゃ誰が作ったって同《お》ンなじだい」とBが言った。

しかしBが本気でそう信じているなら、それはBの方がまちがっているだろうと僕は思う。

二つの酒を配合して氷をほうりこめば、誰が作っても同じ味のものが出来るかというと、絶対にそうではない。

ドライ・マルティニは作る人によってずいぶん味がちがう。一番不味《まず》いのは、飛行機の上で出す壜《びん》入りの（つまりカクテルとしてレディメイドの）ドライ・マルティニ。次がちかごろ流行《はや》りの立食パーティーで出るドライ・マルティニ。生ぬるい。

ジンやベルモットの質に大して変りがないとすると、僕流の考えでは味の勝負は結局いかに小気味よくドライでいかに小気味よくつめたいかということで決る。

ドライにするにはベルモットの量をうんと控えればいい。つめたくするには酒を氷になるべく長い間漬けておけばいい。ところが長く氷に漬けておくと、酒は水っぽくなって小気味よくドライでなくなる。そのへんの兼ね合いで、作る人によって味がちがって来るような気がする。

某月某日

夜明けまで書きもの。眠ってから家を出、池の端の藪で、そばで一杯飲む。

家族かごく親しい少数の友人以外となら、僕は独りで飲んだり食ったりしているのが一番楽でいい。

そばはざるそば。この節は駅の立食いそばでも五十円か六十円取るのに、よくこんな美味いものを八十円で食わせてくれると思って毎度感謝にたえない。

しかしこういうたちのこよなく美味いものというのは、日本以外の世界に何かあるだろうか？

麺類はいたるところに存在するが、イタリヤの麺料理でも中国の麺料理でも、要するにゴテゴテと肉やソースで味をつけ加えて美味しくするわけである。

藪のざるそばなどはその反対の極に立っているようなもので、如何《いか》に余計なものをつけ加えないでおくかということで味を出している。墨絵の山水みたいな食いものである。

Kの常宿へ行ってKたちと麻雀《マージャン》。

Kは強い。「リーチ。一発だぞ」「ほらァ、一発だ。ハネ満だァ」と言って上りつづける。

したがってこちらは負けつづける。勝負事で負けつづけるのは精神衛生上よくない。なぜよくないかというと、運の上でも、自分は駄目な人間なのではないだろうかという気がして、気持が退嬰《たいえい》的になるからである。

（昭和42年6月号）

三文酒場コース

結城昌治

某月某日

日中ぼんやりしているところへ生島治郎より電話。

「退屈していないか」

という。

「否」

と答えたが、彼は信用せず、間もなく現れ、昨日に引続きブラック・ジャックを開始。私が大勝のうちに夕刻となる。

「晩飯のおかずは何か」と彼がきく。

「肉に非ず」

と答える。肉なりと答えれば昨日と同様に腰がすわって深夜に至るのだ。未明に及ぶことも珍しくない。

「佐野洋の家はどうかな」

彼は憮然《ぶぜん》と呟いて、佐野家へダイヤルをまわす。やはり肉に非ずと判明。

「今夜はツイてないな。よし、仕事をしよう。当分ブラック・ジャックはやめだ」

生島治郎去る。

雑文を二枚書いたら、あとは仕事をする気になれず、銀座へでて、まず「魔里」に顔をだす。近頃はあまり銀座へでないから久しぶりである。

先客に田辺茂一氏と梶山季之氏がきていて、御両名ともすでにかなりメートルが上っている。

スタンドしかない三文酒場で、銀座ではここがいちばん気やすく飲める。常連の客の話に色気はつきものだが、店そのものに色気はない。たわいなく駄弁《だべ》っていれば気が紛れ、私はいつもサントリーの水割り、酒量は田辺、梶山の両氏に遠く及ばない。

客が立込んできたので「魔里」をでる。

二軒ほどハシゴをしたが、原稿用紙が待っている家へ帰る気にならず、四谷の「亜土」へ行く。ホステスがいなくて、ここも居心地のいい三文酒場だ。

ところが、自宅で仕事をしているはずの生島治郎にまたぶつかってしまう。殆ど酒を飲めぬ彼はヤキソバを食べていたが、どうやら網を張っていた形勢である。

已《や》むを得ない。代々木の仕事場へ行ってまたもやブラック・ジャック。朝方に至ったが、またまた私の大勝。彼は悲鳴をあげつづけ、ついにはシュンとして声なし。

「十日ばかり旅行するよ」

私はゲームを終えて言った。この分では東京にいる限り仕事ができない。彼も忙しいはずなのだ。

「どこへ？」

「決めていないが、ことによると大阪の方へ行く」

「そいつはちょうどいい。おれも大阪へ行く用があるんだ。一緒に行こう」

「冗談じゃない――」

私は断乎として同行を拒否した。彼が一緒では、なんのための旅行か分らなくなる。

某月某日

福永武彦氏と画家の金子千恵子さんをお誘いしてイイノ・ホールの精選落語会へ行

く。

志ん生、文楽、円生、正蔵、小さんがレギュラーで、毎回交替で若手の噺家《はなしか》が前座をつとめる。今回はさん治の「道具屋」。前半調子がでなかったようだが、もっとも有望な若手で、私が請合《うけあ》っても仕様がないけれど、このまま地道にすすめば大成すること請合いだ。

志ん生は演題を変えて「二階ぞめき」。父親と番頭に意見をされた道楽息子が、二階を吉原の張見世のように直してもらって、廓《くるわ》へ通う代わりに自宅の二階を浮かれて歩くというバカバカしい話である。志ん生は高血圧で倒れて以来体が不自由で痛々しいくらいだが、さて、この底ぬけにバカバカしい話をほかの誰が演《や》れるかというと、志ん生を越える者は見当らないようだ。

帰途、六本木の「リノ」で飲みながら歓談し、このあと遅くなったので、金子さんは帰宅され、福永さんのみ拙宅に寄る。たまたまリスボンから二ヵ月かかってマディラ・ワインが届いたばかりで、深更二時すぎまで飲みつづける。

某月某日

日中来客二名。

「新婦人」の新海嬢に短篇を渡す。

NHKのプロデューサー氏は、ラジオの第一放送で北欧旅行の印象を話せという。「世界見たまま」というシリーズ番組らしい。承諾し、軟派的な旅行記は週刊誌に書いたので、固い話をすることに決め、ゲストに産婦人科の論客、村松博雄の出席を乞うよう付言する。

午後七時から厚生年金ホールでスペイン国立舞踊団コロス・イ・ダンサスの最終公演を観る。第一部と第三部はスペイン各地方の歌と踊りだが、盆踊り大会みたいで期待はずれ。第二部マリエンマの芸術家を気取った独演はなおつまらなかった。マドリッドで観たフラメンコの強烈な印象を期待したのがこっちの間違いだった。スペインの踊りはアンダルシア地方に限り、アンダルシアの踊りはフラメンコに限り、さらにフラメンコの踊り手はジプシーに限るという独断を得たのが高い入場料を払って観た収穫である。

新宿の三文酒場「伊都」に寄りカンバンまで飲む。かつてここのおかみは、来日したアメリカのレディ・キラーで有名な映画俳優を失恋させたほどの美人だったが、今でも往年の余影を残している。

某月某日

夕刻生島治郎より電話——佐野洋宅は肉なしカレーとて、拙宅の晩菜の問合わせだ。すきやきを食べ終わったばかりで残余の肉なしと答える。電話おのずから切れる。

机に向かったが仕事はいっこうに進まず。

新宿末広亭へ行き、中入りから聞く。

トリは立川談志「へっついの幽霊」。木戸を出て銀座へ直行。「魔里」「亜土」「伊都」の順に飲み歩いて新宿へ戻り、深夜帰宅。そこへ待っていたように生島治郎より電話、たちまち駆けつけてきてブラック・ジャック。依然ツキは当方にあり、幾たびとなく終了を提案したが彼は頑として肯《き》かず、またまた朝を迎え、大敗して悄然と去る。彼は佐野洋たちとの麻雀でも手ひどく負けつづけている。

生島が横浜のはずれから都内に転居してきたとき、佐野、三好徹、私の三人で碁盤を贈ったが、碁盤はその後一度も使われず、踏み台の役にも立っていないようだ。彼が勝負事にツカない理由は、碁盤の恨みかもしれない。

（昭和42年9月号）

女と碁と酒と犬と

近藤啓太郎

某月某日

南房州、鴨川在の我が家は涼しい。水田と堰水を渡ってくる風が、さやさやと家の中を吹き抜けるのである。日によっては、真夏でも肌寒いくらいだ。そんなわけだから、夏の上京は苦手であった。と云って、東京は暑いからという理由だけでは断れぬ用もある。

安房鴨川発、十時半の汽車に乗り、一時過ぎ、両国着。駅前にて個人タクシーを探して乗り、野波旅館から送っておいてもらった地図を運転手に渡した。

私の定宿、上野池の端の野波旅館が、赤坂へ移転したのである。私は大へんな方向オンチなので、運転手にたよるよりほかない。いつか、池の端でタクシーの運転手が、昨日上京したばかりという人物で、四谷まで行くのに大そう難儀したことがあった。で、個人タクシーを選んだのである。

野波旅館はTBSテレビの近所だった。二階の八畳に落着くと、窓のすぐ向うに、東宝舞台株式会社という建物があり、開け放した窓の二階でも三階でも、男女の踊り子が稽古の最中であった。近頃、我が国の女性の体位の向上はめざましい。特に、踊り子は姿勢がよく、発達した臀部の線が西洋人を思わせる。が、これに反して、踊り子でも男性はどうも貧弱な体格であった。

さて、夕方になると、野波旅館の一人息子の大学生を道案内に、歩いて六本木のレストラン瀬里奈へ行った。モンシェルトントンなる地下室に行き、ビールを飲みながら、ビフテキを食べる。今日のビフテキは大そううまい。瀬里奈へはよく行くが、今日ほどうまいのは二度目であった。瀬里奈の藤田社長に訊いてみると、そういううまい肉は一頭の牛のうち、ほんの少ししかないと云う。今日は開店早々だったので、うまい肉を出してくれたのであろう。うまいビフテキを食べようと思ったら、開店早々に行くことだと思った。

ほろ酔い気分になり、銀座方面へ出動したくなったが、明日渡す原稿があと数枚残っているので、大学生と一緒におとなしく野波旅館に帰った。

某月某日

昼過ぎ、野波旅館を出て、葭《よし》町の料亭へ行く。坂田本因坊の祝賀会である。遠藤周作の兄上が参会者の一員だったので、先ずは対局となる。遠藤の兄上は電電公社の職員局長とかいう偉い人で、碁も電電公社の本因坊とかいう話なので、私が二子で打った。が、どういうわけか遠藤局長はあれよあれよというまに、私に大石を殺されてしまった。あんまり見事な頓死ぶりなので、私は思わず声を上げて笑い出してしまった。すると、遠藤局長はゆで蛸の如くのぼせ上り、むきになって打ってくるので、またま た私にもう一箇所、大石を殺されてしまい、投了となった。

「こんなに笑う人とは、初めて打った。笑われたので負けた」

と遠藤局長は口惜しがったが、

「笑われて負けるようでは、まだ碁の修業が足りぬ」

と私は負けずに憎まれ口をきき、今度はケーブル会社の土持社長と対局した。土持社長と私とは互角の勝負で、とうとう夕方の祝宴まで打ちつづけてしまった。

祝宴には葭町の芸者が現われたが、竹子という妓はなかなか感じのいい美人であった。

祝宴が終って、坂田本因坊と大窪八段とミツミ電機の森部社長とで、銀座のクラブ瀬里奈へ行った。最近来たばかりだという寿という名のホステスが大へんな美人で、私はハッスルした。が、寿はやたらにあちこちから声がかかって落着かないので、私は面白くなく、あきらめて一人で今度はクラブ姫へ行った。姫でマダム相手に暫く飲み、大分酔ってきたので、持参の地図をタクシーの運転手に渡して、野波旅館に帰った。

某月某日

今日で上京して八日目になるが、私は相変らず地図を持参しないと不安である。地図を忘れずにポケットに入れ、夕方よりＮＨＫに行き、日曜談話室という番組のビデオどり。魚の末広博士と対談してから、銀座に出、クラブ姫へ行く。

姫は美人ぞろいということもあるが、若くて美人マダムの山口洋子が才気煥発で、客を飽きずに遊ばせるので、つい私も足が向くのであろう。マダムと飲んでいると、秋山庄太郎が現われ、一緒になる。やがて、姫を出ると、秋庄の馴染みのバーへちょっと寄り、クラブ瀬里奈に行く。今夜は寿がずっと傍にいたので、私はご機嫌になり、カンバンまで飲みつづけた。

瀬里奈の若い子がふたり同行して、六丁目の加藤ビル地下、菊ずしに行く。菊ずしの親父は昔、池の端の蛇の目で年期を入れた職人で、私の贔屓《ひいき》である。ここの穴子を食べると、昔の蛇の目を思い出す。とろと平目もうまかった。

秋庄が野波旅館まで送ってくれ、女の子は吉行たちが麻雀をやっているというので、ついてくる。吉行淳之介、阿川弘之、麻生吉郎、野波の女将とで、麻雀たけなわであった。私は暫く観戦していたが、ねむくなったので、二階の部屋へひき揚げた。

某月某日

今日は我が家の犬共を、雑誌のグラビアの撮影に来るというので、二日酔いをがまんして朝早く起き、両国を七時過ぎの汽車に乗って、鴨川へ帰った。

柴犬のイシもチビも、紀州犬のゴリもヒメも、またチビの仔犬三匹も、生れたばかりのヒメの仔犬三匹も、みな元気であった。

昼過ぎ、雑誌社の人たちは自動車で現われ、さっそく撮影をはじめた。私は犬共の撮影に夢中になっているうちに、いつのまにか二日酔いが直ってしまった。久しぶりに鴨川の生きた魚で酒を飲む。やはりうまい。雑誌社の人々も、うまさに夢中になって魚を食べすぎ、飯は全然食べられなくなってしまった。

やがて、私は一人になると、ソッファーにひっくり返り、さやさやとした風に吹かれながら、快い昼寝に身を委ねた。

二時間ほど寝て、眼が覚める。四時過ぎであった。私は台所へ行って、菜っ葉を刻み出した。犬の食事の用意である。不精者の私だが、どういうわけか犬の食事の世話は愉しいのであった。

大鍋に菜っ葉とレバーを入れて煮ると、今度はその汁を小鍋に取り、ごはんと挽肉と卵と牛乳を入れて、仔犬のおじやを作りはじめた。長い箸でかきまぜながら煮るので、私はうっすらと汗をかいた。

（昭和42年10月号）

下戸の祝杯

生島治郎

某月某日

夕食後、いささか食いすぎて呆然としているところへ、阿川弘之氏から電話あり。

「一八かい？」

といきなりおおせらる。

氏は桂文楽の落語をステレオで聞くという奇妙な趣味の持主で、知り合いの誰かれかまわず落語の登場人物になぞらえるということにまことに無邪気な喜びを感じておられるらしい。小生はタイコモチの一八なのだそうである。

「ははあ、三太夫殿ですか」

と当方は返事する。

「なにをしておるんだ？」

とご下問。

「これから仕事を……」

と答えかけると、

「バカを云え。明日、直木賞の発表だろ？　落ちついて仕事していられるわけがないじゃないか。ちょっとこっちへ来んか、ウン」

たしかに、そう云われてみれば、あきらめてはいるもののなんとなく落ちつかず、仕事に身が入らないような気もする。

「それでは、うかがいます」

小生、いそいそと阿川邸に出むいた。

氏は夕食の最中で、卓上にはサラダやらドライ・カレーやら魚のフライやら、うまそうなものがところせましと並んでいる。

「おい、おまえ、結城昌治の『酒中日記』によれば、他人の家の晩飯を食い荒しておるそうじゃないか？」

小生の異様な眼つきに危険を感じたのか、阿川氏は警戒する口調で云う。

「ちがいますよ」

小生は憤然として抗弁した。

「結城昌治という人物は戦時中にコッペパンと水ばかりで過してきたせいで、肉を最上のご馳走と心得ているんです。だから時たまコマギレ肉のおかずが出ると、うれしがって方々へ電話し、今晩の家のおかずは肉だ肉だとふれまわるんです。そして、ぼくがご馳走になると、あいつはおれんちの肉で栄養をつけていると云う……」

「ほんとかねえ?」

阿川氏は疑わしそうな顔をしながら、猛烈な勢いで食卓の料理を平げてゆく。小生に食べられるのが怖いのか、海軍士官時代に士官次室《ガン・ルーム》で飯を食っていたクセがぬけ切れないのか……。とにかく、こんなにご飯をパクパク食べながら、マティニをガブガブ呑む人物ははじめて見た。見ているとなんとなくげんなりしてくる。

食後、阿川氏と花札をやる。大敗。このツキのなさでは、とても直木賞はとれそうもない。

帰宅して、ヤケ酒を呑み、寝てしまう。ヤケ酒といってもビールをコップ一杯である。

某月某日

直木賞の発表の日である。こういうときはなにかで気をまぎらせているにかぎる。結城昌治宅へブラック・ジャックをしに行くことに決めた。女房には、そんなことはあるまいが、万一受賞したら電話しろ、落ちたら電話に及ばぬと云いおいて出かける。

ブラック・ジャックをはじめるにあたって結城昌治が云う。

「おまえ、ブラック・ジャックに勝ったり、直木賞をもらったりなんて、両方ともツくということはあり得ないぞ。もし、ここでおれに敗けてれば、賞をもらえるかもしれんが……」

人の足もとを見て、ひどいやつだ。

おかげで、一向に勝てない。こっちが敗けるたびに結城昌治がニコニコして、

「うん、大分受賞の可能性がでてきた」

ところが八時半に女房から直木賞受賞の報せあり。呆然としていると、結城昌治、にこやかに、

「ほれみろ、おれの云ったとおりだ。とにかくおめでとう」

直ちに、文藝春秋に赴き記者会見をする。なにをしゃべったのか全く記憶なし。ただもうおろおろおろするばかり。知人の編集者たちがわがことのように喜んでくれたのを憶えているだけ。

文春の帰りに、NHKラジオで受賞の感想らしきものを聞かれ、友人たちの待っているバー『魔里』へ寄る。結城昌治その他の友人、各社編集者諸兄からおめでとうを云われ、はじめてうれしさがこみあげる。マダムがお祝いだからといって、極上のブランディを一杯ご馳走してくれる。

「このバーでこんなことはこれからありっこないんだから、呑んだ方がいいぞ」

と結城昌治がけしかけるので、ありがたくブランディを呑み干したら、ふらふらしてきた。

それ以上はとても呑めないので、自宅へ帰る。自宅では佐野洋夫妻と三好徹がお祝いにかけつけてくれていた。四人そろったところで祝賀麻雀となる。大勝。どうやらツキがまわってきたらしい。リチャード三世のせりふじゃないが、『永い忍苦の冬も去り、天日も今はヨークの味方』という心境。

某月某日

昨夜よりおめでとうの電話と祝電でめまぐるしい思い。頭の中がボウッとしている。日中、文藝春秋と講談社に挨拶に行く。タクシーの中で、これからが大変だぞと自分に云いきかせる。なんだか、そら恐しくなってきた。

このおれに、受賞者にふさわしい作品が書いていけるかしらん。

とにかく、自分のペースで、納得のいく仕事をしていくより仕様がない。昔から、小生には危地に立つと、ケツをまくって居直り、ようやく精神のバランスを保つという妙なくせがある。

夕刻、帰宅すると横浜よりおふくろが上京してきていて、小生の顔をみるなり涙ぐんで喜ぶ。

おふくろの涙腺異常は見馴れているはずだが、小生もなんとなく胸が熱くなる。

留守中に出版社関係の方たちや友人がお祝いに来て下さったそうで、小さなワイン・キャビネットに、入りきれないほど上等の酒壜が並んでいる。酒に弱い小生は見ただけで酔っぱらいそうだ。

母とともに夕食は中華料理を食べにゆく。

うれしさのあまり、ペキン・ダックを食いすぎたのか、母が明け方腹痛に苦しみだした。

小生も女房もなんともなし。

どうも、こと食いものに関しては、わが一族は意地汚い遺伝的体質をもっているらしい。

医師を呼び母が小康を得て寝ついたあと、眠られぬまま、いただいたスコッチをなめてみる。たちまちにして酔っぱらう。この分だといただいたものだけで、呑み料の三年分ぐらいは保ちそうだ。これも直木賞の効用か、ありがたや……。

（昭和42年10月号）

古都ひとり

水上 勉

某月某日

夕方六時にホテルのロビーで木村光一さんと落ちあう。「海鳴」の直しを京都でする約束だったが、まだ一枚も出来ていない。木村さんは不服そうだ。一と晩泊るというので、それではということで夜の町へ出た。御池《おいけ》から木屋町《きやまち》へ下り、まず「よし子」へゆく。水割二杯。ついで「はる坊」水割三杯。むしむしする暑さは、冷房のきいた店の中では感じられないが、外へ出ると頭が変になる。どうかね、加茂川を散歩してみないかね。木村さんは、ついこのあいだアメリカ、ヨーロッパを遊歴してきたので、京都の散歩は嬉しいらしい。酒はあまりいかないが、顔だけは赧《あか》くなるタチ。

私もすきっ腹だったから、少しまわった。

木屋町からタクシーで出町《でまち》へ出て、土手へ下り、露草のからむ川っぷちをふたりで歩く。ここへくると涼風はあるがアベックの抱擁してうごかないのが幾組もいて、結局は、こっちが痴漢とまちがわれる損な散歩となった。もはや、加茂川の川原の夕涼みも、天真爛漫《らんまん》には不可能となった京都である。一時間ほど歩いて車で下《しも》へもどり、夜行列車の座席にすわるようなキャバレー「香港」に入る。ガラガラ声の、年齢不詳のホステス四名にとりかこまれ、二セットのビールを呑んですごすごホテルへ帰る。埃っぽい汗づいた軀をもてあましながら就寝。

某月某日

木村さんは東京へ帰ったので、孤独になった。それで、さて原稿がはかどるというものではなく、また夕刻から、花見小路へ出る。「蓼《たで》」「孝江」「元禄《げんろく》」と水割二杯ずつで計六杯。

「元禄」で、しょんぼり呑んでいると、しょんぼり入ってきた芸妓A嬢。どうや、Mちゃん息災か。いいえ、からだがちょっとわるうて寝てはりまっせ。Mというのは、時々私の京都物のモデルで登場する年増芸妓だが、元気な頃は、舞妓さんの下駄が市電の線路の敷石のスキマにひっかかって取れなくなった時、「おっちゃん、ちょっと待っとくれやっしゃ」といい、五台の市電をとめて、下駄をとった姐さんである。それが、病気で寝ているときいてはちょっと淋しい。「先生おひとりどすか」「ああ」私は四条へ出て、とぼとぼ歩いて先斗町《ぽんと》に出た。十二時すこし廻った時刻である。軒のひっつきそうな暗い道を、三条まで歩いたが、Mの家は灯が消えていた。ホテルへ帰って、アンマをとって就寝、一時。

某月某日

千本今出川のうなぎをたべにゆく。

「江戸川」はいつから、このうす暗い町にひらいたのか。私はここの鰻を京都随一だと思う。上七軒《かみしちけん》の「長谷川」でとってもらったのが縁で、ときどき腹がすくと、ひとりで訪ねるようになったが、二階へあがる階段も、手すりも、鰻の脂で艶光りしている。キモ吸い、カバ焼、めし、酒二本。

暗い道を千本に出て、上七軒へ歩こうかと思うが、やめて中立売《なかだちうり》へさがり、五番町へくる。昔の遊廓は昔のままの家もある、大半は表を改造して、いま風の味もそっけもない屋根、戸、安っぽい呑み屋、バアの連続である。どこへも入らず、ざわめく呑み屋を眺めつつす通りして、丸太町のカフェ「天久」へ入る。

「へえめずらし。先生おひとりどすのん」「ああ、ひとりだ」隅のテーブルに座って前かけした老嬢連中と、ビール三本。「うなぎを喰いすぎて、どうも変だ」「えらい、このごろおみかぎりどすな」「どういうのかな。京の呑み屋も、すっかりあいてしもた。おもしろうない」「あんなこというて、下《しも》にええひとがおいやすんとちがいますか」老嬢と屈託ない話をしていると、三十年前、五番町で童貞を落した頃に私はたちもどる。ラッパのついた蓄音器から、その頃うたった歌。上原敏の「男いのちを三筋の糸に、かけて三七……」

某月某日

何ということなしに、五日間の京都は、木村光一さんがきただけで、ひとりっきりに終った。ひとりきりの京都は、格別いい。四時に起きて、電話をしてからと思ったが、途中気がかわるといけないと思い、平野屋を目ざして、先ず嵯峨へ出る。車を天竜寺の前で捨てて、門を入って石畳をふんでひと廻りする。管長さんに会おうかと思うが、電話もしてないからと思うものもあって、結局、三秀院の前から、また門を出て、釈迦堂の方へとぼとぼ歩く。祇王寺、二尊院、念仏寺のわき道で陽が暮れた。高架線の下をくぐって鳥居本まで。

平野屋の床几にすわって、「おばはん、一本つけてんか」赤い前かけをした女将が出てきて「おひとりですか」「ああ」「まあ上っとくれやすな」上をみると客がひと組いるだけでひっそりしている。「ここの方がよろし。婆ちゃんと話しながら、呑んですぐ帰ります」お盆に、つき出しと徳利だけをもらい、上りはなの床几でちびちびやっていると、表を通る若いアベックが何組もある。

だんだん冷えてくる。徳利を五本ならべる。芸妓のS、T、Nが京聯《きょうれん》の大型車をのりつけ、ぶってりした六十近い紳士とやってきて、私のうしろから、座敷へあがる。Sがチラッと私をみて、「あれ、おひとりどすのん」「ああ」六本呑んで、お勘定すまし、歩こうと思うが、足が重い。車をよんでもらって、広沢の池を左にみて走っていると、ホテルへ帰るのもちと早い。先斗町の「井の雪」へ裏口から声かけると、「ひとりどすのん」「うん」あきちゃん、のりちゃん、ひろちゃんが出てきて「まあお二階へおあがりやす」オールドパアと氷と水をもらい、吉三さん、豆一さんがきて、ほどなく、梅菊さんがきてにぎやか。梅菊いわく。「先生、早よう教祖さんになっとくれやっしゃ。うち、お賽銭《さいせん》係にしてもらいまっさかいな」何のことはない、新興宗教で、芸妓衆を信者にして一と儲けたくらもうと話が出来、せんにきた時に準備しようと約束したのを、おぼえていたのであろう。

「もうやめた……やっぱり芸妓はんは、芸妓はんだけの方がええ」古新聞をやぶいて、出てきた数字の大きいものが勝ちというあそびで、吉三から三千二百円、梅菊から二千円まきあげる。

十二時になって小雨降る。傘かりて、ホテルまで歩く。アンマとって就寝、二時。変な夢をみた。夢の内容はいえない。

（昭和42年11月号）

北国の冬近く

五木寛之

某月某日

朝日新聞の秦正流氏来沢。あわただしいスケジュールの中を無理していただいて、家内と三人で少し飲む。店は河原町の「久善」。

秦さんには学生時代、翻訳のアルバイトを世話していただいたりしてお世話になっている。前に長くモスクワ支局長をしておられた関係で、エレンブルグや、シーモノフなどの話題が出た。秦さんはもっぱらウイスキー。私はビールで、家内が日本酒。次の会場へ回られた後で、こちらは残って少し飲む。マツタケの吸物がうまかった。

帰途、金沢市の繁華街、香林坊《こうりんぼう》をぶらつき映画を見て帰る。

某月某日

「静かなドン」の訳者、横田瑞穂先生御夫妻が見えたので「つば甚」で夕食。胃を悪くされていたが、もうかなりいいらしい。ビール一本というのが、つい二本になり、奥様が心配される。

冬なら「太郎」の鍋料理が絶品なのだが、少し早い。先生がお一人なら、金沢の古いくるわにでもお供したいところだが、奥様と、はた目にもうらやましいほどの仲の良さなので遠慮する。

「昔は下の犀川で河鹿《かじか》がうるさいほど鳴いておりましたが、ダムが出来てからほとんど鳴かなくなりました」と、店の若奥さんの言葉。犀川ダムなどというのが出来て、金沢も次第に変って行くらしい。帰ってビールを飲んで寝る。明日は、三国港や、永平寺の方へご一緒することにする。

某月某日

東京のホテル。夕方まで雑用に追われて朝食も、昼食も抜き。夜、藤本真澄さんに「みその」でステーキをごちそうになる。渡辺晋、美佐夫妻と一行四人、にぎやかな会食となった。水割りを二杯。藤本さんのものの食いっぷりを見ていると、ヴォルガの流れに美女を投げ込んだ豪快なドン・コサックの統領を連想してしまう。

食後、新橋の「ヴィレッジ」で若い連中のステージをのぞいてみる。ここではチンザーノのオンザロック。戦後の一時期、金沢の白雲楼《はくうんろう》ホテルで占領軍将校相手に演奏したこともあるという渡辺晋さんに昔のジャズメンの話などきく。CIEやアメリカのギャングたちが活躍した戦後のショウ・ビジネスの世界は、一度ぜひ書いてみたい現代史の側面である。最後に美佐女史と飯倉のレストランへ回り、「さらばモスクワ愚連隊」の映画音楽でお世話になる黛敏郎氏とモントリオールの話など少し。神学生みたいな妙な格好の岡田真澄氏、久我美子さん、桂木洋子夫人なども現れて、黛氏と共に華やかに去る。ホテルへ帰って七社連合の新聞連載を書く。深夜、読者と名乗る人からの電話で叩き起こされた。

最初の作品以来全部買ってます、などといわれればどうにもならず、ただ「ハア、ハア」と寝ぼけた声で答えるのみ。あなたの小説の主人公にならって大学を二年でやめ、北欧へ飛び出すことにきめた、祖母や両親が泣いて止めるので明日家出を決行する、ついては一言激励の言葉を――、などといってくる若い人達には、どう答えていいか困ってしまう。そのうちに原理運動の指導者みたいに、子供を返せと両親たちに弾劾されるやも知れぬ。

某月某日

金沢。

金沢と姉妹都市協定をしたシベリア、イルクーツク市の市長氏ら一行が来沢。よく食いよく飲み、よく談ずる愉快な人たちばかりで、日本料理の吸物をやりながら片手でウイスキーを水みたいに飲むと、家内はいたく敬服した面もちであった。ウオトカできたえた連中にはかなわぬ。

金沢にいると、東京から来客でもない限りは酒の場所へ出ないので書くことに困る。古本屋を回ったり、「蜂の巣」「ローレンス」「ローランド」など喫茶店のはしごと、バッティング・センターに毎日顔を出す位のもの。変化のない毎日だが、人嫌いの自分には向いた街だと思う。金沢の秋は、やがて来る暗い冬季の予感が主調低音のようにひびいているだけに、緊張感があってとてもいい。内灘の日本海も、少しずつ牙をむき出して北国らしい感じになって来た。夜、ビールを一本飲んで寝る。三時間眠って、それから朝の全日空で送る原稿にかかる。

某月某日

先日、笛の会に行くつもりで行けなかったが、仲々面白かったそうだ。金沢の芸者衆はよそと違って、三味線や日本舞踊のほかに、横笛、鼓などの芸をよくする人が多いようだ。

東、西、主計町《かずえまち》と、犀川、浅野川をはさんで三つのくるわがあり、古風なはざまの家並みが続いている。くるわといっても、いわゆるお茶屋で、つまり祇園をもっと素朴に古めかしくした町と思えばいい。有名人を尊重せず、PRを嫌い、ひっそりと頑固にやっている所が、祇園とちがう所かも知れぬ。東の、かの子女史の喋る金沢弁が面白くて時たま客を連れて行く。この人の、のんびりした話を聞いていると、東京人の早口がテープの早回しのように思えてくる。

金沢の高級なバーは、店にはいるとスリッパを持ってくるので、それがいやで余り行かない。こちらが下駄ばきなので、店内のカーペットがいたむという考えなのだろう。百万石の城下町らしからぬミミッチイ根性だ。高級バーなどというものは、しょせん夢を売る虚業なのだから、小さな所でケチケチするべきではあるまい。

もっとも、東京でも、銀座の酒場などへは、時たま編集者や先輩に連れて行かれる位のもので、自分から行くことはない。どうせ飲むなら、麴町の「Q&Q」とか、新宿の「ぼたんぬ」などの気どりのない店の方が面白いと思う。このところ酒の席も、ほとんど仕事に関係のある打ち合わせばかりで、遊びという気分になれることが全くない。たまに東京へ出るので、雑用が山積するのは仕方がないが、これではつまらない。以前のように新宿や、四谷で勝手な熱をあげて仲間と過す時間は、しょせんこういう生活のペースでは持ち得ないのだろうか。一日に十数人の人と会って、深夜ホテルに帰り、ぽつねんと原稿に取りかかる生活はわびしい。いっそのこと、全く金沢を動かないようにしてみるのも一策かも知れぬ。

そんな事を考えながら、いいだをけずった肴を前にビールを飲む。庭にケイトウが乱発生してにぎやかだ。去年は紫の実に見事なテッセンがいっぱい咲いたのだが、今年は咲かなかった。ユパンキのレコードをかけながらぼんやりしていると、樫の木でいつもの山鳩が、グルル、グルルと鳴く。カニのうまい北国の冬ももう近い。

（昭和42年12月号）

ひとり酒

山田風太郎

某月某日

例によって、夕方五時半から食堂の隣りの十畳のまんなかにぽつねんと坐って、冬枯れの庭を見ながら酒を飲む。

家や家族や、環境は有為転変するが、この時刻に酒を飲んでいることは百年一日のごとく変らない。先年もふと病気して、数日でいいから禁酒するように医者にいわれたが、平然として飲んでいた。

それじゃあ酒をウマイと思ったり、愉しいと思って飲んでるかというと、可笑《おか》しくも悲しくもない気持で飲んでいる。ただ放心状態で飲んでいる。その状態がいちばん疲れなくて、それには一人がいちばんいい。そしてほろっとして、あと黙々と寝入ってしまえば目的は達せられるので、酒でもビールでもウイスキーでも、何ならショーチューでもちっともかまわない。

考えてみると、町の飲屋でも同じことだ。どこだっていい。ハシゴをやってなじみの店々に愛嬌をふりまいて歩くなどという発展性はさらにない。見知らぬ店に入っても、よほどそこがヘンな店でないかぎり、いつまでもそこにへたりこんで、最後まで一人で通す。

何かのきっかけで正体を知られると、かえってその店に足がむけにくくなる。要するに面倒くさいのである。——人生の何事に於ても。

で、可笑しくも悲しくもない顔で一人晩酌をしているのだが、そのくせこの時刻以後、原稿の電話などがかかってくるとフンゼンとするのは可笑しい。向うはまだ働いていて、しかも緊急の用件でかけてくるのに、こちらは泰然として酒を飲んでいて怒り出すのは不埒《ふらち》だが、それより、そう熱中して飲んでるわけでもないのに、それが中断されると立腹するのは、われながらわけのわからん心理状態である。

きょうもその時刻、某テレビの某番組に出演してくれという電話あり、フンゼンとして断わる。

某月某日

夕、珍らしく東京に出かけ、築地のふぐ屋にゆく。某雑誌社の人、五人と会食。乾いた空気の中を歩いていったので、まずはじめにビールを一杯飲ませてくれと頼んだが、この店は格式あり、ビールにふぐは合わないからと飲ませてくれない。何もビールを飲みながらふぐを食おうというのじゃない、水の代りなんだといっても受けつけてくれず。

それから刺身チリ鍋とコース通りに、時間割通りに出て来て、あれよあれよというまに雑炊が出る。

その間、酒を飲むのだが、まあふつうの夕食としては適度の酔いというところだろうが、時間が短いので、飲んだという感じにならない。何だか物足りない。しかし雑炊を食べてからまた酒を飲むというわけにはゆかない。

酒中「ヘソマガリという点だけは山本周五郎に次ぐ」と評されて驚倒する。僕ほど、われながらイタイタしいほどヒトに気を使ってると思ってる人間はないのに。――帰宅後女房にそういったら笑い出した。「あなたほどいいたい放題のことをいって、人をキズツケル人はいない」そうだ。

ふぐ屋を出て、三四軒バーなるものを練り歩く。あちこちで、雑誌の編集長などがウサをはらしている——と、知らされる。その雑誌にも小生書いているのだが、いちどもお目にかかったことのない編集長が多い。初対面の挨拶というやつがオックーで、かつ向うもウサをはらしていらっしゃるのだろうから、そうですかい、といっただけで寄りつかず。バーのホステスというものは、いや実に丈夫に出来てるものだとつくづく感服。

一時過ぎ、大いに酩酊《めいてい》し、タクシー探せども、おきまり通り多摩までいってくれる車見つからず、寒風の中をさまよい歩き、やっとお情けをこうむって、三時ごろ帰宅。

某月某日
昨夜の大酒と亜硫酸ガス的バーと寒風がたたったか、尿意何だか怪し。三十分おきに走らねばならん始末となり、はては血尿さえ出はじめる。こんなことは始めてだ。医者にゆくに急性ボーコー炎だという。
そこへかねての約束通り麻雀に招いた連中来る。メンバーだけ招いたので、やらないわけにはゆかん。夕食の時刻になったが、酒は飲まず。もっとも僕はマージャン中だけは酒を飲まない。それでなくても、十年やっていてまだ点の数え方を知らないという大味な麻雀が、酒が入るとますます救いのない大味になるからである。アルコールの蓄積作用が中断できるから、麻雀は僕にとって唯一最大の健康法となる。

ところが、百戦百敗の戦歴を持つ僕が、今夜に限って勝って勝って勝ちまくる。何しろ二十分おきに血尿を出しにトイレに走るのだから、みなオチオチと麻雀をしていられないのもムリはない。麻雀は血尿をシタタラせつつやるに限る。

徹夜。朝、熱いうどんを食いながら酒を飲む。不本意なる敗北をとげた一人、憮然として、「ケツネウうどんか」といい、だれかわっと吐き出す。

某月某日

しかし、昔にくらべて飲めなくなった。十数年前にドブロク一升とビール六本、いちどに飲んだことがあるのを思い出すとうたた感慨に耐えない。

まだ独身で、朝万年床にもぐりこんでると、編集者がくる。そこで枕もとにウイスキー瓶を行列させていると、いつのまにか夜になっている。手を携えて新宿にゆき、あとはどうなったかわからない。気がついてみると朝の新宿を、きのうの朝万年床を出たときのネマキ姿のままでフラフラ歩いている、などいうことがしょっちゅうだった。あとで、どこかの酒場で新宿一の親分にカランで、危くドスをお見舞されるところだったぜ——と、同伴者からおどされて、ぶるぶるとなったこともある。

いまは二合の酒を飲んで、子供にカランでいる。今夜も。——

はじめは子供たちが食堂で夕食を食べてるのを、隣りからニコニコして見ているのだが、子供たちがテレビに魂を奪われて、箸がとまったままなのに、だんだん機嫌が悪くなってくる。半分以上も残して「もういらない」と箸を投げ出すのを見るに及んで、

「なぜ食うだけの量を与えない」

と、女房を叱る。

「オテントさまに申しわけないと思わんか」

で、女房が子供を叱る。子供はワーッ。となりでオヤジはサンタンたる顔で、ガブガブ酒をあおって——それで二合しか飲めんとは、こりゃいったいどういうわけだ！

（昭和43年5月号）

飛田に一人

黒岩重吾

某月某日

週刊サンケイの新連載打ち合せというわけで、画家の宮永氏、サンケイ出版局の村上局次長、松本編集長、藤沢氏などと、TBS地下のレストランで会食する。ここは肉が旨い。宮永氏はゴルフの帰りとかで、ゴルフ談義に花が咲く。ゴルフをしていないのは私だけだが、打ちっ放しで、百七十ヤード位飛ぶというと、それで充分だと、全員からゴルフをすすめられる。すすめ方が旨いので、なんとなくやってみようかという気になった。大阪ではゴルフ相手がいない。やるとすると、一人黙々とクラブを振るわけだが、そんな姿は、私に似合っているような気もする。

食事を済まして銀座の眉に行った。

田辺茂一氏に会う。田辺氏とは、例の如く、手を握り合って、やあやあと挨拶を交わす、声も大きく握力も強い。

大先輩の御健康を嬉しく思う。

ホテルに戻ったのは午前一時頃だった。一昨年あたりは、飲んだあとでも仕事が出来たが、この頃はどうも駄目だ。暫く原稿用紙と睨み合っていたが、朝早く起きる決心をしてベッドにもぐり込んだ。

某月某日

このところ賭け事につき始めて来ているので、久し振りに競馬をやってみようと思い、近くに住んでいる新橋遊吉君に電話して競馬に引張り出した。新橋君は競馬の専門家である。作家になる前は、競馬で飯を喰っていたような男だから、私も心強い。このところ、仕事がオーバーだったので、競馬で勝ったら夜は大散財をしてやろうと思い、意気込んで阪神競馬に出掛けたが、結果は損得なしだった。

新橋君も同じである。競馬の帰りにキタの新地で飲んだ。競馬でいささか昂奮したせいか、酔いが廻り、大声で歌を歌った。

最近は酔うと歌うのが楽しみである。客がいようが平気で、昭和維新から人生の並木道まで、実にバラエティに富んでいる。

はっきりいって歌は下手だ。それなのに歌うのは、得もいわれぬ自己陶酔を覚えるからである。だから聞かされる者は実に迷惑に違いない。そのために私は、なじみの店二軒に、無線マイクを寄付している。

酔って歌い、良い機嫌になって、午前二時頃、新橋君と大阪読売の角にある屋台の饂飩《うどん》を喰いに行く。この屋台は手打饂飩で実に旨い。黒門市場の狐饂飩は余りにも有名だが、この屋台も味は負けない。

私は音を立てて饂飩の汁を吸った。饂飩などというものは、音を立てて喰べるところに味があるので、それが出来るのは屋台に限るようだ。

某月某日

西成界隈をバックにした小説を書くので、久し振りに飛田の近くに飲みに行った。私は西成の小説を書く時は、必ずその前に散策してみることにしている。

十年前、私がいた頃の飲み屋は殆んどなくなっている。大門通りや飛田商店街の飲み屋は残っているが、私が良く行ったのは屋台だったから、水の泡のように消えてしまっている。ただ一軒、飛田駅の近くに消えずにあった飲み屋に行ったが、おかみの顔は違っていた。私はビールを飲んだ。ここにも、娼婦らしい若い女がいて、おかみとしきりに話をしている。昨夜の客が、昔遊んだ女を覚えていて、その女のことをしきりに尋ねたらしいのだ。ひんがら眼の女らしいけど、おばさん知ってるか、と尋ねた。おかみは、ひんがら眼なら二三人知ってるが、誰れかな、と興味なさそうに答えていた。ひんがら眼も得やな、覚えて貰えるから、と笑った。

私はその話を聞きながら、この娼婦と昨夜遊んだ客は、長い間、ここに姿を見せなかった男だろう、と思った。その間、男はなにをしていたのか。刑務所にいたのだろうか、また飯場を転々としていたのか。

そんなことを考えながら飲んでいるうちに、小説が書きたくなった。実際、飛田界隈は不思議な場所で、飲みに行くと必ず創作意欲をそそるような人物に会ったり、そういう話を耳にしたりする。これは他の場所では、殆んど味わえない。つまり、飛田界隈には、人間の原液が、そのままの姿で流れているせいかもしれない。

某月某日

新しい小説雑誌を出すことになった平凡出版の清水副社長、石橋編集長、後藤氏、小此木氏と築地の河庄で会う。おかみが大阪出身で、出身校が樟蔭女学校だと聞いて、学生時代を思い出し、話がはずんだ。後藤氏は社を辞めて小説に賭けることになったらしい。健闘を祈る。

一人になってからシャガールに行った。柴田錬三郎氏がカウンターで飲んでいて、私がカードを挑戦すると、当然じゃ、と受けられた。マダムに源氏先生のことを聞く。最近は御健康も良いよし、安心した。

柴田氏は余り飲まないが、一度だけ酔って歌ったのを聞いたことがある。への字に結んだ口にふさわしい渋い声であった。私は、カードは余り弱いとは思っていないが、ここ一年間、柴田氏にだけは、どうにも勝てない。

私の性格で、強敵だと思うと闘志がわき、無性に挑戦したくなる。

某月某日

久し振りで、自宅でブランディを飲みながら、小林の世界チャンピオン戦をテレビで見る。面白くない仕合だった。玄人じみた観客は別として、普通の観客はボクシングに、パンチとファイトだけを期待するものだ。

とくに観客が求めているのは、パンチである。だから、幾らテクニックが旨くてもパンチ力のないボクサーは、見ていて、面白くない。

これは見る方に、スリル感がないからだろう。手に汗を握るスリル感、これがボクシングの生命ではないか。

藤猛の人気こそ、ボクシングの本当の人気である。

某月某日

女房を連れて、飲みに出かけた。あまりいい趣味ではないが、なんとなく、年に二度ぐらい、そうなってしまう。バーの女たちに言わせると、女房と一緒だと私はまるで人間が違ったように緊張してみえるらしい。私に言わせると、冗談じゃないと言いたい。緊張するどころか、たるみきってしまっているのである。

不思議にどんな店に行っても、女房が一緒だと、家で飲んでいると同じような気分になってしまう。音楽が鳴っていても、茶の間のテレビの音楽が聞えてくる感じだ。

つまり、バーの支配力よりも女房の支配力が偉大なのだろう。女房というものが大変な存在であることは、一緒に飲みに行けばいちばんよく分るようである。

（昭和43年6月号）

歳月は流れて

笹沢左保

某月某日

前夜、珍しく荒れた酒になったらしい。記憶がはっきりしていないというのは、肝臓を悪くして入院して以来のことである。荒れた酒といっても、喧嘩したり大声を出したりしたわけではない。胸のうちにしまっておいたことを、家内の前で残らず吐き出したらしいのだ。

去年の暮れに事故死した長兄のことで、いろいろと言ったことを曖昧《あいまい》に記憶している。長兄の死後、ぼくがいちばん気にしているのは母の心労ぶりなのである。できるだけ、母の心の負担をとり除きたいと願っている。だが、そうした母の心労ぶりなど問題にせずに自分の我を通そうとする者が、わが家の関係者に何人もいると、いつもは口にもしなかったことをブチ撒けたのだ。

今朝は、そのために二日酔いである。ひどく空しい気持だ。自分の徹底した母孝行ぶりと、おれが昨夜言ったことに間違いはないという考えが一層味気ない思いを強いる。庭へ出て、植木をあちこちに植えかえたりした。だが、惨めな疲労感が増すばかり。

ついに午前中から、迎え酒ということになった。来客は、三人さまの予定。三人さまとも、酒を付き合わされて気の毒だった。夕方になって急に母に会いたくなり、酔った勢いで世田谷の両親の家に押しかける。

母のことが心配でありながら、結局は母に何かと肴《さかな》を作らせてしまい、父と飲む。それでも、不思議な満足感を覚えながら迎えに呼んだ車で帰る。家につくとすぐ仕事場へはいって、メモ用紙に何か書く。

あとになってメモを見てみたが、どういう意味かさっぱり分からない。メモ用紙には、『虚名、エロ、海外旅行、人妻の男遊び、有閑浪費、昭和元禄などクタバレ！』と書いてあった。

某月某日

最近、銀座や新宿にはさっぱりご無沙汰である。いつ電話しても家にいますねと、ヒヤかされる。もっぱら、応接間の一角に作ったバーのカウンターで飲んでいる。中学時代の友人である大学病院の医師が遊びに来て、このカウンターで明るいうちからの酒になる。

かつての美少年も、いまは分別臭いお医者さんである。時間の経過というものはまったく不思議で、二十数年前の友人たちと現在の彼らの変わりように神秘的な不可解ささえ感ずる。

あの少年たちが、いまではコーラ会社の常務、石油会社の副社長、自動車工場の経営者、医師、弁護士、画家、市役所の課長などになっている。遠いむかしを思い出すと、滑稽になる。それでいて、誰もが中学時代がいちばんよかったと、異口同音にいう。

ぼくはビール、医師である友人はウイスキーを飲みながら、話が健康のことについて長々と続いた。肝臓を悪くしているぼくの健康を、友人は心配してくれているのだ。退院してから一度も検査を受けていないのは無謀であり、肝臓を悪くしたら年に二度ぐらい定期的に入院して、静養しながら精密検査を受けなければならないと、友人は専門家としての意見をのべた。

静養のための病院を紹介する、とまで言ってくれた。鎌倉にある一見マンションふうの病院で、ベッドに寝ながらにして海が見える。美人のファッション・モデルがそこで静養しているが、お望みならその隣の病室を確保してもいいと、友人は冗談もまじえながら入院をすすめた。

しかし、ぼくは何も答えなかった。その気になれないからである。悪いという結果が出るのが恐ろしかったし、酒をとり上げられることを危惧《きぐ》したのだ。今度悪くなったら、絶望だと、前の入院で宣告されている。それだけで、いいではないか。

アルコール分を断って長生きするよりも、この世をバラ色に眺めながら早く死んだほうがいい。だいたい、最近の人生は長すぎる。人生五十年でいい。そのほうが、悔いも少なく豊かな思い出を胸に死んでゆけるのではないか。

そんなふうに思ったのだ。しかし、友人が帰ったあとカウンターでひとり飲みながら、ふと自分の考えに不安を感じた。自分ひとりだけで、勝手に生死は決められないということに気づいたのだ。

すでに、ふたりの息子を失っている母が、またまたぼくに先立たれるようなことになったら、あまりにも悲劇的すぎる。妻子もいることだし、廃人になって病院生活を続けるような状態になったら大変だと、ぼくは妙に慌てていた。

明日、友人に電話してみようかと思いながら、ぼくは手を休めてカウンターの前にすわり込んでいた。雨になったらしく、窓の外の樹木がざわめき始めた。

某月某日

神戸へ行った。毎度のことながら、陳舜臣氏のお世話になる。上京されたときでもあまり酔わない陳氏だから、地元ではまったく乱れない。飲んではいるのだが、沈思黙考、女性の話しかけに応じているだけだ。

日曜日で、営業中の店が少なく、あちこち捜しては案内してくれる氏には、まったく申し訳なかった。だが、神戸の顔役ということで、どうしても氏を頼りにしてしまう。こっちは安心して酔ってしまうのだから、紳士陳舜臣の連れとして恥ずかしい。

何軒目かの店で、見知らぬ女性から、少しも変わっていませんねと声をかけられた。見知らぬ女性ではなく、以前は銀座にいたホステスだったのだ。もう、七年ぐらい前になるだろうか。

その頃、ぼくは銀座のクラブ『M』というところによく行っていた。彼女は『M』のホステスの親友で、閉店後ぼくたちと一緒に飲み歩いたことがあるというのだった。彼女の顔に記憶はなかったが、その頃の思い出話が懐かしかった。

当時の銀座は社用族の全盛期で、作家やジャーナリスト、それにいわゆる有名人というのはあまり見かけなかった。ホステス気質も、いまとは違っているところがあった。売り上げ第一主義ではなく、どことなくおっとりとしていた。

閉店後は、五人か六人のグループになって深夜まで飲み歩き、明け方になってぼくの仕事場で全員が高鼾《いびき》ということがよくあった。男と女、客とホステスといった意識もなく、陽気な飲み友達だったのである。

いずれにせよ、ここにも時間の経過というものがあった。よき時代は遠くなり、年をとるばかりである。七年前と少しも変わってないと言われて、心底から嬉しがった。そんな年になったのは事実なのだ。

（昭和43年7月号）

花冷え酒

野坂昭如

某月某日

長崎より諫早《いさはや》、加津佐を経て口之津へ向かう、途中、橘神社なる標識があり、念のためにたずねると、これなん橘大隊長を祀る社《やしろ》なり。戦時中はさだめしお賽銭の上がりもよかったのだろうが、只今は広い境内に、ふともももあらわな女学生のテニス行う姿のみ、社務所に人影なく、同行の諸氏と倶《とも》に、御手洗の水いただいて、ウイスキーを酌みかわし、〽遼陽城頭夜は闌《た》けてを唄う、軍歌通の後藤明生伴いたれば、さぞかし喜ばん。

口之津は廃港なり、しずかなる入江の、外海に通ずる岬一軒の廃屋ありて、すなわち税関の成れの果て、有明湾をへだてた三池炭鉱の石炭を積み、南方へ向かう貨物船の船底に身をしのばせ、海を渡ったからゆきさんの、ここが出発点、今を去る八十年前にはじまったので、その盛りは大正年間という、往事茫々、またウイスキーを飲む。

午後三時、島原へ入り、観光課のお世話にて、元からゆきさん三人に会う、いずれも八十歳を過ぎて矍鑠《かくしゃく》たるもの、ブドー酒さしつさされつ、シンガポール、香港、上海と流れ渡ったお話をうかがう。一人のからゆきさん、一晩に四、五十人の客をこなしたといい、同行の氏仰天して、「腰が抜けませんか」とたずねたら、「そげん弱か体で商売つとまらんがね」一笑に付され、しみじみと「男はロマンチックなんだなあ」と述懐、すなわち、五十人を相手にすれば、せめて腰くらい抜けて欲しいと考える男心の甘さを反省しているのだ。島原の具雑煮まことに美味、その本家という店の女人、まことに美形、妓一人ともないて寝所に入りたるも、泥酔故に空し。

某月某日

有明湾を大牟田に渡り炭住街をながめ、西鉄にて博多へおもむく。わが旧友群島敬をひっぱり出し、まず河豚《ふぐ》にはじまり、「蜜蜂」「八十八」「あざみ」とはしごをする。群島は子供の頃よりお洒落《しゃれ》なりしが、ふさわしく現在九州一の洋服屋主人なり、夫婦仲むつまじく、われと飲む時常に同伴、仲むつまじき夫婦眼前にしつつ酒を汲めば、どうしても悪酔いするものにて、ついにダウン。朝、「N」なるホテルで目覚め、珍らしく二日酔い、その頭痛ひっかかえ、なにとはなき悪い予感におののいていると、群島あらわれて、昨夜の所業につきことこまかに説明する、いかにも楽しげなり、酔漢の酔態を、その覚めし後に申しきかす喜びわからぬでもないから、だまってきいておく。おくがとてもここに書ける如きものにあらず。

某月某日

浅見淵《ふかし》先生、夏堀正元氏、後藤明生氏と新宿「風紋」にて飲む。浅見先生にはじめてお目にかかりしは、七年前の夏、皆生《かいけ》温泉で、小生その背中を流した覚えあり、先生につげるも、御記憶あらず。後藤明生とさらに、大久保のお茶漬屋「その」へいく、この女主人、高見順「如何なる星の下に」のモデルとされる方、以前、浅草のスタアダンサーであった。両名ともにかなり酔い、しきりに五木寛之を論じ合い、「ぼくは外地引揚げ者ではあっても、引揚げ派ではない」としつこくいう、果ては例によって軍歌となり、完全に喉をからせ、そのままもつれあって寝る。

某月某日

目覚めればすでに午前十一時、昏々と寝入る明生をたたき起す、物音に女主人あらわれ、われ等二人のいびきにより、同じ家に伏す誰一人としてねむれなかったという。いびきだけは、いくら人にいわれても、申し訳なさの実感がない。どこへ行くあてもなきまま、温泉マーク街を寝呆け眼《まなこ》で通り過ぎ、ホモと誤解されやしないかと、われつい伏眼勝ちになるも、明生またしても軍歌を口にして屈託なし。有楽町「チボリ」にて夕刻七時まで昼ウイスキー、角瓶一本半を空ける、ふたたび五木寛之論なり、まことに楽し。

某月某日

夕刻七時、高田馬場駅前で、大阪より上京の三上結介、及び辻史郎と待ち合わせる。二人ともに早稲田仏文の同窓、現在同人誌「小説家」に拠って創作活動をつづけている。久しぶりに早稲田近辺で飲もうと、「松江」なるおでん屋に入る。往時、三上の馴染みの店という、十七年を経て、未だ当時のおかみ健在なり。三上の大阪弁は、近頃稀なる由緒正しきものにして、酔えばますます冴え、小生うっとり聞き惚れる。うちつれて銀座「眉」へおもむく、ホステスの一人に全共闘シンパありて、意気投合する、その一人も含めて三人、青山「青い部屋」へ行く、女主人戸川昌子、まさに鯨のお母さんの如くいて、シャンソンを唄う。仄聞《そくぶん》するところでは、懇望もだしがたく雑誌「T」の編集長もひきうけたとか、からゆきさんといいたしかに女性はタフである。またしても「その」へ行く。多分泊るであろう予感があり、今週は一日しか我が家に寝ていない、いくらかやましい気もするが、いまだに浮浪児のくせの抜けぬものか、せま苦しいところで、折り重なり、といっても男同士なのだが、むさ苦しく寝るのが好きなのだ。女三人をかえし、奥の三畳に座布団と毛布もらって男が川の字になる、酔いややさめつつあり、さめぎわの興奮状態で、三者三様に誰かれなく悪口をいう、他人のかげ口たたきながら飲む酒は、女々しいといわれようがなんだろうが、小生にはたのしい。辻史郎、突如すわり直して、昭和十五年初場所三日目とかの、双葉山と肥州山《ひしゅうざん》の取組ラジオ実況放送なるものをしゃべり出す、つられて三上が、昭和十四年日活作品「魔像」とやらの、台辞《せりふ》をとうとうとのべ立てる、小生たちの世代は、やたら懐古趣味に淫したがるところがあって、小生の場合は軍艦である、今だって重巡「摩耶」の絵をかかせれば、そらでもってしごく細密にえがいてみせるのだが、まずは使い途のない特技であろう。布団の中にまじって、女主人の娘さんのものとおぼしきパジャマがまじっている、三上がその上を着、辻が下をはく、それをきっかけにねむることとし、小生妙に昔のことども思い出し、珍らしく寝つかれぬ、とたんに耳もとではじける如き音がきこえ、仰天して頭おこすと、これが辻のいびき、その向うで三上はまた、今にも死んでしまいそうな苦悶のいびきをひびかせる、さながらブリキ屋の仕事場にいるようなもので、寝られたものではない、よほど起そうかと考えたが、今はじめて聞く他人のいびきに、これまで小生のかけてきた迷惑を反省するべしと、枕もとにすわり、二人の寝顔をしみじみながめる、赤いパジャマを着た三上と、海坊主よろしき辻、やがて抱きあうように向きあって、轟々と互いにいびきくらべ、柱時計が四時を打った。すっかり氷の溶けたオンザロクスをすする、花冷えだろうか、寒い。

（昭和44年6月号）

「あゝ断餌鬼」の酒

長部日出雄

某月某日

飲み助が毎夜フラフラと飲み屋へ行くのは、酒を飲みたいからばかりではなく、知っている顔に会いたいせいもあると思うのだが、最近はみんなめっきり酒が弱くなって、飲み屋に顔を出す回数が減り、ここ数年通い続けている新宿の「ユニコン」「カプリコン」に行っても、知人に会うことが少なくなった。

夕方、銀座の映画評論編集部に行き、佐藤重臣と一緒に飲みに出る。

もともと逆上しやすく、平静な心を保てないタチなのに、さきごろほとんど生まれて初めて小説「あゝ断餌鬼」を書き、有力新人などという大それたキャッチ・フレーズを頂戴してから、またとみに情緒不安定になり、ここのところ失敗続きなのだが、きょうはどうしても酔わなければならない事情があったのだ。

まず交通会館下のサカナが安くてうまい「高尾」と、もう一軒いつも客が立って待っている飲み屋に行ってみたが、いずれも満員で入れず、別のこれも満員の飲み屋の入口で、席があくのを待っていたら、あまりナリのよくないデブ男が二人、入口に頑張っていられたのでは、目障りになるばかりか、実際に営業上の妨害にもなるらしく、店の若い子に「ちょっとそこの二人、ダメッ、ダメよ」と手をふられ、かつて新宿にあったバー「カヌー」で、重臣や浦山桐郎、石堂淑朗らと一緒に扉から顔をのぞかせると、「あんたたちはダメッ」と内側から扉を閉められたことを思い出し、スゴスゴとそこを出て、三原橋そばの「武ちゃん」へヤキトリを食いに行く。

ビール二、三杯で元気回復。われわれ二人は、せまい飲み屋のなかでもあたりかまわず、まるで野っ原で話すようなバカ声を出し、しかもその合間に、浪越徳治郎先生も顔負けするような重臣の哄笑が入るので、店の客はいっせいにこっちへ注目し、居辛くなってそこを出る。

新宿に行って、例の通り「ユニコン」「カプリコン」。意気あがったところでバー「らどんな」に電話する。前夜そこの女の子のワンピースに、わたしはコーラをブッかけたらしいのだ。

弁解がましくなるが、わたしは酔って物理的な力を発揮することは（あまり）ない。ただ胸底のコンプレックスをまる出しにして、相手に罵言《ば》雑《り》言を浴せる。したがって殴ったことはないが、殴られることはしばしばだ。いつか酔って意識を失ってから、だれともわからない人の強烈な一撃を顔面に受け、その場にノビてしまったことがある。虫歯をおさえるような恰好で家に帰り、カミさんに「だれと喧嘩したの」と聞かれて、「だれだかわからないんだ」と答えると、カミさんは「天誅ね」といった。

前夜は、女の子がコーラのコップを口のところへ持っていったところに、わたしの手が触れたらしい。そのことをきょうほかの人から知らされ、シラフではとても顔を出せず、酒の力をかりて謝まりに行こうという魂胆なのである。

電話に出た男の人は「あのコはもうやめました」という。エッと一瞬息をのんだ。わたしにコーラをかけられたので、怒ってやめてしまったのだろうか。不吉な予感が黒雲のように湧き上ってくる。「いつ、いつですか、やめたのは」「ひと月ほどまえです」「あ、それなら違います。ぼくが会ったのはきのうですから」。名前を聞き違えたらしい。

行って女の子に陳謝する。横から重臣が「こいつは飲むとしようがないからね」と、いろいろ口添えをしてくれる。こうした友情にいつまでも甘ったれていてはいけないと思うのだが、友人とは有難きものかな、と思う。

そこから隣の山形料理「おかだ」へ行って味噌汁と酒を飲み、さらに喫茶店「パウリスタ」のカウンターでウイスキーを飲んでいるうちに意識を失い、「お客さん、いったいどこへ行くんですか」と運転手さんにいわれて気がついてみると、タクシーは十二社の花街のなかをグルグル走り回っており、次に気がついたときには、新宿二丁目の旧赤線のなかを、ひとりで歩いていた。もう午前四時すぎで、路上にはほとんど人影がない。「カプリコン」のまえにくると、マスターの謙ちゃんがちょうど表のシャッターを下ろして帰るところで、「もう帰ろうよ、送って行くから。さっきそのへんでゲーゲー吐いていたよ」という。

「いや、おれは帰らない」といって、またあてどもなく深夜の彷徨《ほうこう》を続けたが、やがて伊勢丹の上の空が、白々と明けはじめ、明け方の新宿にはもう何もなく、朝方、家に帰る。

目が醒めると、果せるかな、単に二日酔いのせいばかりでなく、顔もまっすぐに挙げられないほどの鬱状態。このごろでは、鬱状態に襲われると、エビのように体をまるめ、山中でクマに出会った人間のように、死んだフリをして、鬱のクマが通りすぎるのを待つことにしている。

某月某日

午後二時から、徳間書店創立十五周年のパーティーに行き、吉行淳之介さんに会う。吉行さんのまえでは、わたしはそれほど乱れたことがない。いちど一緒にバンコクへ行ったとき、深夜吉行さんの部屋に押しかけ、タイの女性を論じて躁状態になりかけたのだが、人糞のにおいのするドリアンを食べさせられ、いっぺんに意気阻喪してしまった。

美女がスイスイと泳ぎ回っているパーティーの席上でも、竹中労は野暮な声で釜ケ崎と革命を論じ、立川談志は落語を論じている。それほど落語が好きなのに、談志はこんどの衆院選に出るつもりで、しかも「最高点で当選できると思っている」とムチャなことをいう。昼間からこれほど強気でいられたら、夜乱れずに済むのだろうが……と思う。

殿山泰司さんに会う。殿山さんとは、雑誌社の人に銀座の高級バーへ連れて行ってもらったとき、大声を出して一緒にツマみ出されたことがある。殿山さんは目下停酒中。「また酔っぱらってアホなことをいってみたいよ」という。終りごろ、同郷の中立親方（元横綱栃ノ海）に紹介され、憧れの横綱に会えたわたしは、たちまち逆上し、無理に誘い出して、親方が最近開店した新橋の寿司屋「栃ノ海」へ。天をおそれざる行為である。そのあと一緒に銀座の「魔里」へ行き、そこで早くも意識不明。新宿で気がついてから不安に耐えかね、トルコ風呂へ行ってコーラをガブ飲みし、二時間ほど寝かせてもらって酔いをさましたつもりであったが、朝、家で起きてみると、やはり目の前に大きな鬱のクマがいた。しかたなくまた死んだフリをする。

（昭和44年12月号）

祝い酒

陳　舜臣

某月某日

起き抜けに山に登り、帰宅してしばらくすると、大阪新聞の亀井氏から電話があり、酒をテーマにした随想四枚書けと要求された。題が題だから、これはらくに書けるであろうとＯＫする。

雑誌『酒』から速達が来た。創刊十五周年記念号に随筆を書けという。この雑誌の主催する文壇酒徒番付けに小結に推された義理がある。ＯＫの返事を出すことにした。

午後、小説現代から電話があった。『酒中日記』を書けという。こうなれば、酒のことならなんぼでも書けそうな気がして、ＯＫと即答する。

あとで静かに考えてみた。――いったいなぜ、こんなに酒のことばかり私は書かねばならないのか？

某月某日

尼崎福祉会館で、赤尾兜子《とうし》氏主宰の前衛俳句誌『渦』の創刊十周年記念パーティーがひらかれ、乾杯の音頭を取れと命じられた。

「ぼくじゃ目立たない。司馬さんのほうがええで」と逃げようとした。私は背が低く、人ごみにかくれて目立たないので、不適格であると思ったのだ。司馬遼太郎氏は自分の白髪が目立つと言われたと思ったらしい。「乾杯は声がきこえたらええねん。スガタなんかどうでもかめへん」というわけで、「では、オメデトウ！」と声だけはりあげる。

ほんとに十年もよく続けたものだ。気の短い、激情家の赤尾君のことだから、よけいりっぱだ。わがことのようにうれしい。

某月某日

世界文化社の酒井、山岡両氏来たり、北野町の『コラル・キタノ』から神戸の夜景を撮影し、私はうしろ姿のモデルになる。帰りに『ピノキオ』に寄ると、マスターが、

「昨夜、野坂昭如先生が、映画の方や松の家のご寮人さんたちとご一しょにいらっしゃいました」と言う。午前二時まで飲んだというから、昨夜ではなく今朝ではないか。まだ神戸でうろついているかもしれないと、松の家に連絡したら、「先生は三時ごろ、ドロンされました」という答だった。彼も多忙のため、ドロンの術にも磨きがかかったとおぼしい。

そこを出てクラブ『阿似子』に寄り、しばらく飲む。大量の仕事をほったらかして飲む酒の味は、また格別である。

某月某日

日本推理作家協会賞授賞式のため上京する。会場の第一ホテルで、松本清張理事長から、ポーの胸像を授与され、諸先輩、友人諸君から祝福と激励を受け、身にあまる光栄と感激する。

小説現代新人賞選考会が重なって授賞式パーティーに出席できなかった人たちから、あとで会おうというメッセージがあった。会のあと、講談社の人たちと銀座の『八芳園』で待機しながら連絡を待つ。新しい顔ぶれでは第一回目の選考委員会だそうで、そのため議論白熱しているのであろう。やがて決定のしらせがはいり、『眉』でおち合うことになった。

『眉』では、結城昌治、山口瞳の両氏がさきに来て待っていた。山口さんから鳴門の宿で幽霊を見た話をきく。芸者さんと石の地蔵さんの二人（？）の幽霊であるという。「陳さん、いっぺんその宿に泊りなさい」と、山口さんは熱心にすすめ、かならず出ると保証までしてくれた。しかし、芸者さんならいいが、石の地蔵さんのほうに出て来られては、圧しつぶされてしまう。考えものだ。

戸川昌子さんに連絡せよというメモがまわってきたので、彼女に電話をした。

「パーティーは八時までときいたので、八時すこし前に行ったら、もうすんじゃってたのよ。とにかく、オメデトウ！」

と、彼女の貫禄のある声だった。

会が早く終ったのは、私の挨拶が短かすぎたせいかもしれない。

やがて五木寛之氏が粋なヒゲを生やしてあらわれた。そのままロシアへ行くそうだ。

私はひそかに思った。――

（よしたほうがいいなあ。五木君のヒゲ、けっして貧弱ではないが、ロシアにはもっ

とすごいヒゲがうじゃうじゃいるではないか。やっぱり貧相にみえて損だなあ)
しかしそう思っただけで、口には出さなかった。みんなが「オメデトウ!」と、なんども乾杯して、私の受賞を祝ってくれているのに、そこで憎まれ口をたたいては罰があたる。

某月某日

こんどの受賞の対象は講談社刊の『孔雀《くじゃく》の道』と徳間書店刊の『玉嶺よふたたび』の二作であった。今夜は徳間書店から銀座の『次郎』にお招きを受けた。徳間社長にもおめでたがある。というのは、ミノルホンの社長に就任されるそうだ。その会社は千昌夫、山本リンダその他少数の歌手以外に、有力な専属シンガーがいないという。

「陳さん、歌のほうはどうですか?」

と、徳間さんがたずねた。どうやら歌謡界からもスカウトの手が伸びたようだ。

(野坂君でも、あれでけっこうイケるんだ)

と、心すこしくうごいたが、妄念をうち払い、きっぱりと答えた。——

「だめです、わたしは」

我ながらいさぎよい返事であった。

それから『魔里』に寄る。梶山季之氏がそこにいて、かなり出来あがっているかんじであった。

「×××だけが人生じゃないぞオ！」

と、大声で喚いたりしていたが、それは彼のいつもの所説とだいぶちがっているようだ。やがて、彼はホステスの肩にアゴをのせて、すやすやと睡ってしまった。

カジさんも年だなあ。少年老い易く、ガク成り難しである。

某月某日

夕方ホテルに、毎日新聞の星野図書出版部長と小野秘書室長が、飲みに行こう、と迎えにきてくれた。この両君とはおなじ学校におなじころに学び、そしていつも痛飲するという、きわめて内輪の間柄である。すしを食べてから『葡萄《ぶどう》屋』へ行く。

このたびの上京は受賞のためということで、家族を連れてきたので、機動力に制限を受けがちであった。いつものように、ハシゴ酒というわけにはいかない。バーも一晩に一軒だけで、零時前にはホテルに戻っているという行儀のよさである。模範的かもしれないが、それだけ面白味に欠けるのはやむをえない。

酒も人生のごとく、うまくいかないもので、その難しさのなかに、またおのずから醍醐味《だいごみ》もうまれるのであろう。

（昭和45年6月号）

わめき酒

田中小実昌

某月某日

新宿花園街の「まえだ」で飲んでると、佐木隆三がはいってきて、「コミシャーン」とぼくのからだを抱きあげた。

佐木さんは沖縄にいっていた。ひさしぶりだったのだ。

ところが、佐木さんはぼくを抱きあげただけで、あとの面倒はみず、手をはなした。おかげで、ぼくはほうりだされたカッコになり、木の角に両足のスネをぶっつけ、青く腫れあがった。

澁澤幸子さん（澁澤龍彦氏の妹）もきて、歌をうたう。澁澤さんのテーマ・ソングは「アッツ島玉砕の歌」。

そのほか、「防空壕の歌」、ナツメロ、シャンソン、なんでもうたう。流しのアコーデオンのマレンコフは、いつも大サービスで、何十曲、歌ったかわからない。

ぼくは、〽小ぬか雨降る、港の町に……という古い長崎の流行歌が好きだ。マレンコフの歌本には、〽島のジャケツのマドロスさんは……と書いてある。

澁澤幸子さんは、度胸がある、なんてケチなものではなく、育ちがいいせいか、ニンゲンをこわがらない。

はじめてあった夜、新宿南口のおっかないところにつれていったらちょうどガタついてる最中で、ガラスがわれ、かなり血がながれたのか血なまぐさく、ところが、幸子さんはコウモリ傘を逆手にもち、「やれやれ」とけしかけ、ぼくはあわてた。

某月某日

おなじ新宿花園街の「薔薇館《ばらやかた》」で飲んでると、うしろで口喧嘩がおこった。

それを、ぼくの連れの女がとめにはいり、そのうち、とつぜん、ぼくは、「よけいなことをするな」と連れの女の胸倉をつかんでひっぱたいた。

そして、わめいて表にでて、また、わめき、女が、「みっともないわよ」と手をひっぱり、すると、どういうわけか、ギターの流しのおにいさんが、女の首をしめ、女はムクれて、びっくらこき、「このひとは、わたしの恋人よ」とさけんだ。

だいぶ前だが、おなじ新宿で、ある女と通りをあるいていて、交番のお巡りにとっつかまった。

（なんで、お巡りにつかまったのかはおぼえていない）

すると、女が「このひとは作家よ」とさけび、ぼくはおどろいた。

まだ学校に籍があり、小説もなにも書いてないときだ。

ぼくは、えれえ恥ずかしいおもいがしたが、この女とは長い関係になった。

「恋人」といわれたのもはじめてで、たいへんにおどろき、ぼくは、恥ずかしさに、とたんにシュンとなった。

この女とも、長くなるかもしれない。

ほかには、女はたくさんいるのに、なぜ、こんなに身も世もあらぬ恥ずかしいおもいをさせるひどい女にばかり当っちまうんだろう。

某月某日

歌舞伎町の「かくれんぼ」でミイ子とあう。

ミイ子は学生だが、なにかの雑誌で川上宗薫と対談したことがあり、そのあと、ぼくと飲んで、

「感度だとか、構造だとか、肌のきめのぐあいだとか、川上宗薫ってセンセイは、ぜんぜん、女がわかっちゃいないのよ。あんな男はフンサイだわ。断固、フンサイ！」

とぼくと意気投合したことがある。

ところが、たまたま、包茎のはなしになると、「ホーケイって、なあに」とミイ子のやつ知らないんだな。

包茎でおもいだしちゃいけないが、石堂淑朗は、三光町の飲屋へ、ぼくが惚れてる女のところにいって、「いっぺんヤラセロ」としつこく言ってるらしい。

石堂はやたらにでっかいせいか、ナマケモノで、モテないものだから、自分で女を開発せず、ひとの女ばかりねらいたがる。

某月某日

また、新宿でチンボツ。寒くはないし、そんなに暑くもないし、チンボツしやすい季節だ。

昼すぎにおきて、区役所通り左の「おかめ」にメシをたべにいったかえりに、共同トイレの前で洗濯をしている「小茶」のオバさんにあった。

「小茶」は、東京でも、おそらく最高にぶっとい鮭の塩焼きをたべさせてくれる。武蔵野館裏の「和田マーケット」のころからの店で、ここのママには、なにかズバッとした気分がある。

前の晩、オニギリ屋のオニギリの三こ分はゆうにあるオニギリを五つもつくってもらったが、みんな、ひとにたべられた。

コマ劇場の裏のおフロ屋さん「歌舞伎湯」で、「三日月」のオジさんとあう。オジさんといっても、ぼくとおない歳。

この店のフライド・ポテトは、生のじゃがいもからつくり、日本一。

フロのかえりに、歌舞伎町の「まつ」によって、ビールを飲む。

このあいだ、ぼくがおチンチンをバッサリ切ったとき（ついに、しっ、しんの手術をした）ホータイをまいたおチンチンを見せにきた、と、「まつ」のミイ子が言う。

あんまりおぼえてなく、あらためて恥ずかしい。

某月某日

旭町（今は新宿四丁目）の路地の奥の「おそめ」にいく。

足にケガをした男がいて、血がながれ、痛そうにしている。

女をつれて、「おそめ」に飲みにきたが、薬屋にホータイを買いにいった女が、なかなかかえってこないのだそうだ。

女は、とうとうかえってこなかった。赤チンにホータイかなんかを買いにいったんだろうから、せいぜい、二百円ぐらいの金を、男からあずかってたんだろう。

それをもってトンズラしたというのは、ケガをして、血がでて、痛がってる男には気の毒だが、おかしくなる。

ひさしぶりに、陽子にあう。陽子は、ぼくの耳に口をつけて、「わたし、堅気になったのよ」とささやいた。

埼玉県の本庄の飯場で飯炊き女をやってるんだそうだ。

しかし、堅気になったのを、なぜ、声をひそめて打明けるのか。ながいあいだ、蘭子にあわない。蘭子は、もうあんまりきれいとはいえないが、オカマの鑑《かがみ》だ。

ひところ、それこそ飯場の飯炊き女になっていたが、「あんなところ、こわくって……」と逃げてきた。

毎晩のだらだら酒がついに頭にきて、それでわめきちらし、チンボツしてしまうのか。

ともかく、酒癖がわるくなりました。

（昭和45年7月号）

女同士の酒

田辺聖子

某月某日

大阪のテレビ局で佐藤愛子さんにあい、そのまま神戸三宮の「いろりや」で飲み、食べる。愛子さんはビール、私は日本酒、愛子さんはこの日着物でいかにも山の手の良家の夫人ふう、楚々と美しく、一緒についてきた私の亭主、やたらと元気よくハッスルしてはしゃいでいるのがわかる。「オタク、小学校の読本はサイタサイタですか、ハナハトですか」「ハナハトです」「わア一緒ですわ。愛子さんて写真より美人ですな」「いいえ、元美人という所ですよ」「元がつこうと前がつこうと、美人は美人ですよ。元オンナ、いうのも居るんやから」と亭主、私をかえり見、それは元オンナでも元人間でもかまいませんが、女二人さしつさされつ、しっくり飲みたいのに、だから男って足手まといだというのよ。男と子供は家に置いてくるべきだった。しかし愛子さんはこの日、あんまり飲まず。ちょっとのビールで頬を染めていた。二本ぐらいかな。私はお銚子三本。

某月某日

杉本苑子《そのこ》さんが神戸へ来たので六甲山のオリエンタルホテルでジンギスカン鍋をつつきながら飲む。苑子さんは食べるばかりでアルコールは全然、だめである。しかし酒を飲んでる人間よりもよくしゃべる。しゃべり出すととまらない。話題が豊富で話術がたくみでいきいきしてて、濶達《かったつ》自在で、眼鏡の奥のまるい眼をクリクリさせて可愛らしい声でしゃべりまくる。こっちはビールだけ。何の話だったのかな、酔ってからは忘れてしまったけど、坊さんが妻子をもつのはよくない、という話。

「かめへんやろ、持たしたげたって、ええやないの」と私。「けど、例えば子供が二三人おぼれたときにさ、やっぱり自分の子供を先に助けるじゃない」「そら、人情です」「人情だけどさ、いやしくも坊さんだもの、それじゃ困るわよ」「キビシーイ」席をかえて水割りを飲む。旅行家の宮崎修二朗さんや徳山静子さんらも加わり、私と顔見合せ、「坊さんや尼さんにだけはならないようにしよう」と言い合っていた。

某月某日

鴨居羊子、石浜敏子さん（恒夫氏夫人）に誘われ、三宮の「ギリシャビレッジ」で飲む。ここはギリシャ料理とギリシャの焼酎みたいな「ウヅォ」というお酒あり。「ええ男に会わしたるわ」と羊子がいうので喜んで待ってたら、民芸の内藤武敏さんや山内明さんが来た。キャッ！　ステキ！　と飛び上った。「いま舞台から飛んで来たとこでお腹ペコペコです」とモリモリ食べていた。二人とも昔から私はファンで大好き。私はジンフィズとビール、どのくらい飲んだかはよくわからず。二人はさかんに食べ、そのあいまに店の人に頼まれたサインを消化していた。（新劇の人ってみんな絵が巧い）昔から私はふしぎだったんだけど、どうして私は男の人が飲んでる時より、食べてる時の方に、よりセックスアッピールを感ずるんだろう。そういえば、飲んでる所はみるけど、食べてる所はみんな、あまり見ない。食べるという作業はたいへんプライベートな部分に属する。尤も、私の知ってる男の人はみな飲みすけだから、食べものがあっても手を出さず、お酒の方ばかり。野坂昭如さん、後藤明生さん、藤本義一さん、石浜恒夫さん、小野十三郎センセイ、みんなそう。ただ小松左京さんはよく食べる。よく飲み、よく動きまわり、すごいエネルギッシュな酒で、とてもついて廻れない。阿部牧郎さんも飲むばっかりの方かな。尤もこの人は大変な美点がある。いつか酔っぱらって私のウチに泊ったらあくる朝まっ先に何したか。電話にとびついて夫人を呼び出し「ゆ、ゆうべ、夕、田辺さんとこに泊った」とオロオロと弁解していた。

内藤さんも山内さんもよく食べ、よく飲み、「ギリシャへいきたい」とみんなで言い合った。文明開化のバスに乗りそこなった国には、たまらん良さがありまっせ、という結論になり「ウヅォ」をなめて、青い空と白壁の民家、ギリシャの田舎の写真を見ていた。

某月某日

あいも変らぬ顔と飲む。つまり亭主であります。色が黒いので、こっち向いてるのか後向いてるのかさっぱりわからない。いつだか司馬遼太郎さんに「ご亭主はどんな人や」と聞かれて「黒い人です」「腹黒いのか」「いや、顔」といったが、私は酒を飲むこと、酔って歌を歌うことを彼に教わった。西洋の賢人はいっている。「結婚は女たちに男の悪徳の数々を伝染させるが、男の徳は決して伝染させないという特質を持っている」

ビール一本、お酒六合ばかしを二人で飲み、ごきげんになったので、東京の佐藤愛子さんに電話かけてみる。「関西へ来えへん？　来たら飲もうよ」「あしたまでに六十枚書かなきゃいけないのよッ」と愛子ちゃんは悲壮な声をふりしぼっていた。イヒヒ……。こんどはお苑さんにかける。「いま旦那と飲んでるんだけど、こんどいつくる？　神戸へ」「誰がいくもんですか、そんなとこ。こっちは風邪引きでそれどころじゃないわよ！」こんどは陳舜臣さんにかけた。心やさしい陳さんはすぐ走ってきた。尤も三、四キロぐらいしか、家は離れてない。亭主と三人で三宮へ飲みにいく。柳筋の「しゃねる」で、黒部亭さんに会った。ここのママさんは扇千景ソックリ。でも、姉妹じゃないそうだ。ここにはマイクもあって、たいてい歌になる。私はマンガ家の高橋孟さんと「すみだ川」を唄うことにきまってるのだけれど、今夜は彼はいなくて、「明治一代女」を歌う。

陳さんは「青葉しげれる……」と「一の谷のいくさ破れ……」という、源平合戦にゆかりのある歌を唄った。「神戸っ子やさかい、神戸に関係のある歌をおぼえさせられてん、小学生のとき」ということだった。私は陳さんの歌をはじめて聞いて、衝撃のあまり、高い椅子からころげ落ちそうになった。巧拙は論外、という歌なり。

某月某日

お苑さんからカッカした手紙くる。「おのれよくも独り者のおソノさんを二人で熱気であぶってくれたな。あの晩から四十度の熱や。死んだらあんたら夫婦の責任やでエ」その手紙を肴に飲んでやった。いいかげん廻ったところへ、野坂昭如さんから電話。「いま神戸へ来てるねん、来ませんか」「誰と？」「エー、泉大八、小中陽太郎……」「ワー、そんな面々、強姦されそうやからやめとく」「そんな心配あれへんあれへん」と野坂さんはいかにも心外そうにいう。「いやあるある」ガラ悪そうやとは言わず切ったが、考えてみると、相手が私ではそれは、「そんな心配あれへん」やろうとひとりでおかしかった。

（昭和45年8月号）

プラタナスの葉

渡辺淳一

某月某日

寝苦しさで目覚める。時計を見ると午前十一時である。私は仕事は昼にする性質《たち》なので、これは遅い目覚めである。起き出して顔を洗う。コーラーを一杯飲むが、昨夜の直木賞受賞パーティの酔は一夜寝ても消えていない。

また横になって新聞を読んでいると空腹を覚える。昨夜はパーティの時から銀座を飲み歩いた深夜まで、ものを食べた覚えがない。飲むものばかり。これではいかにウイスキーだけとは云え、酔いがふっきれないのも無理はない。

味噌汁とご飯の朝食兼昼食を食べ終った時、Y社の人が約束のインタービューに現われる。喋べる方はともかく、写真の方は二日酔いでからきし冴えない。二日後に載ったその時の写真を見て、ひどくがっかりした。

午後遅く、文春のO氏が昨日会場で貰った本賞の時計と、副賞のお金を持って来てくれた。昨夜パーティのあと飲みに出かけて、置き忘れてはいけない、ということで預って貰ったものである。

O氏と昨夜巡ったバーを回想しながら、相変らず冷たいものばかり飲む。頭は大体覚めたが体の気倦《けだる》さはまだいくらか残っている。

大学病院にいた頃はどんなに深酒しても、午後から連日手術があったので、昼を過ぎるとしゃんとした。手術衣でも着れば治るかもしれない。

O氏と話していると、札幌時代一緒にやってきた同人雑誌の仲間がやってきた。彼等は昨夜のパーティに出るため、わざわざ北海道から出てきてくれたのである。昨夜はパーティのあと、作家や出版社の人達と一緒だったので元の仲間とはゆっくり話す機会がなかった。

早速明るいうちからまたビールに染まる。

一時間ほど飲んだところで陽が傾く。暑さも少しやわらいだところで仲間と新宿へ向かう。

船山馨《かおる》さんが僕のお祝いに北海道の仲間ともども御馳走して下さる、というわけである。ちなみに船山さんは札幌出身で私の大先輩である。

駅ビルに近い「柿伝」という懐石料理店へ案内される。L型に坐り、上座の私の前には川端康成先生筆になる掛軸がかかっている。上品な女性の物腰に合わせて、初めは静々と飲んでいたが、酒の旨さと身内？　の気楽さについピッチがあがり、最後の抹茶の頃にはすでにかなりの酩酊《めいてい》。

これで帰宅というのは殺生な話、船山さんともども西口の「茉莉花」へ。ここではウイスキー。結局この日も午前二時まで鯨飲、お目付役の船山さんの奥さんがいたから腰を上げたようなものだ。

某月某日

受賞後初めて向島の病院へ行く。本当はまだ休みたかったのだが、大腿骨の骨折した患者を半月以上も放置してあったので出ていく。

経過は良好、医者はなくとも患者は治る。

五時過ぎて、久し振りにこのすぐ近くの鳩の街商店街の寿司屋へ行って酒を飲む。

此処の握っている職人は、梅毒の血液検査2プラスで私の病院へ、毎日ペニシリンを射ちに来る。初めは知らずにこの店に入ったのだが、そのうちこの男だと知った。無口な男でほとんど話をしないが、私が行くとよくサービスしてくれる。梅毒と知梅毒と知って食べに行く私に好感を抱いているのかもしれない。

スピロヘーターは癩菌同様極端に弱いうえに、経口でも空気感染でもない。ただ一つ粘膜感染だから彼が握った寿司くらい食べたところで罹《かか》るわけはない。だが、以前K社の人を此処へ誘って寿司を食べたあと、病気のことを教えたらひどく怒った。大丈夫だと説明してもその夜一晩中、何度も唾を吐いていた。

ころころと酒を舌の上に載せて飲む。舌は胃についでアルコールの吸収腺の多いところだから、こうしていると酔いが早い。三本で可成りいい気分になる。

最後に軽く腹ごしらえして新宿南口の「蒴」へ、此処のママは大柄な美貌である。入ると常連の関根弘氏がいる。ここで倉島斉、女性一人と待ち合わせ、ウイスキーを重ね、揃ったところでK社の人ともども、阿佐谷へ。朝日の草野氏宅へ行く、彼は元陸軍大尉で、私は中国での戦争体験について聞く目的がある。

此処ではくま焼酎と海胆《うに》を馳走になる。捕虜の試し切りの話をきくうちに、酔いにわかにまわる。皆と別れ、最後に女性と二人になったが泥酔にて気力なし。

某月某日

「石の会」という秘密結社？　の受賞祝いで西荻窪へ。場所はこけし屋。

冒頭、御大有馬頼義《よりちか》さんが立上り、

「渡辺君が直木賞を貰えたのは、石の会に入っていたためというより、上京直後、僕の家のアパートを借り女出入りが激しく出された故だ」

と分ったような分らないような演説をされた。

あまりの誤謬《ごびゅう》の多さに呆れてウイスキーを重ねるうちに、悪酔い。女は「畜生か人間か」という議論に発展し、結論の出ぬまま十時散会。

生酔いは悪いと、早乙女貢さん等と銀座へ。行先は早乙女さんお得意の「数寄屋橋」。あの女《こ》は誰、この女《こ》は誰と、いろいろ予約のついていることを教えられる。なかには二人も三人も競争率の高い女性もいるらしい。

小生特に野心はなし、黙々とウイスキーの水割りを飲むだけ。入ったのが遅くて間もなく看板。

その後、並木通り八丁目の「オディール」へ。此処はママが函館産で、一時札幌にもいた人でよく行く。ママの張りのある美しい眼以外、これといって取り柄のない平凡なスタンドバーだが、最近、ここの窓からプラタナスの葉が水銀灯に美しく映えて見えるのを発見した。二階なので下の混み合う道路は見えず、枝葉越しに前時代的な三井銀行の石造りの壁が見える。この店にはこれを見に来る人が結構いるらしい。

夜の光りの中の葉を見ているうちに、酔いと疲れ一度に出る。ウイスキー飲み、そば半分食べて出る。

車の中で熟睡、起されて目覚めると自由ケ丘、一つ行きすぎでまた戻り、家へ到着は二時半。

（昭和45年11月号）

年末年始

星 新一

十二月二十四日

カウアイ島の海岸のレストランで、マイタイというハワイ名物のカクテルを飲んでいる。南国の果汁とジンに、かき氷を加え、大きなグラスに入れたもの。飲むたびに氷がとけ、いつまでもなくならない。

二十二日に羽田を出発したジャルパックに、妻子を連れて乗りこんだというしだい。ジャルパックは値段も安いし、すべて日本語で案内してくれるし、行動の自由もあるし、なかなかよろしい。ぼんやりとハワイを楽しむには、これに限る。もっとも、年末年始には大混雑になるらしいが。

カウアイ島は庭園の島といわれ、高山あり、大渓谷あり、各種の植物あり、それに人口が少ない。過密の東京から来ると、まさに楽園である。

マイタイを飲みながら、夕ぐれの海を見ている。原始的なカヌーが炎を運んできて、浜辺の各所のタイマツに火をつける。きれいな水と風、熱帯の花のかおり。そして私は、家族づれの旅。健全なものだ。

異様なる発想は、健全な生活のなかからうまれる。銀座のバーで飲んでくだを巻く日常のなかからは、平凡な発想しか出てこないのではなかろうか。

食事を終え、飛行機でオアフ島のホノルルへ戻り、ホテルに帰る。きょうはイブ。通りには色とりどりの電球が輝き、ハワイアン風のクリスマス音楽が流れ、ヤシの木が街路樹となっている大通りには、おそくまで歩く人かげが絶えない。

ホテルの部屋のテラスからそれをながめながら、ウイスキーの水割りを飲む。テレビをつけたら「鬼平犯科帳」をやっていた。日本語のままである。ここは外国なのだろうか。

十二月二十五日

クリスマスで、ほとんどの店が休み。動物園や植物園まで休みだ。しようがないので、ホノルルの山のほうに行く。谷あいにかかる、とてつもなく大きな鮮明な虹を見る。息がつまるほどの感激である。

ホテルに戻り、子供と夕方まで海で泳ぐ。あたたかい水にひたりながら、沈みゆく夕陽を見物する。これも美しい。

それから、部屋のテラスでウイスキーを飲む。羽田空港で買ってきた、無税の高級洋酒である。海外への出発者に限って買えるやつだ。まったく安あがりである。

十二月二十六日

日本むけのジャンボ機のなかにいる。日付変更線を越えると二十七日。二日にわたって飲みつづけということになる。機内の酒も無税である。飲まなきゃ損というわけではないが、ほかにすることがないのだ。

十二月二十八日

東京に帰っている。小松左京から「上京しているぞ、いっしょに飲もう」との電話があったが、時差ぼけが残っていて、むやみに眠い。彼のさそいを断わったのは、本年これ一回ぐらいであろうか。

十二月二十九日

新宿の〈ばっかす〉なるレストランで、友人たちと酒を飲む。ＳＦ作家の広瀬正、豊田有恒、半村良、石川喬司、それと出版社の人がふたり。石川氏はこぼしている。

「馬にインフルエンザがはやり、この年末年始は生きがいがない」

競馬に関心のない私は、なんとなぐさめたものやら見当がつかぬ。

「外国の競馬を、宇宙中継でテレビ放送してもらい、その馬券が買えるようになればいいわけでしょう」

「しかし、それは法律で禁じられている」

とのこと。そんな法律があるとは知らなかった。必然性のある法なのか、悪法なのか、私にはまるでわからぬ。

広瀬、豊田、半村の三氏は、本年いずれも長編を出している。みな、さっぱりした表情だ。こっちはどうも落ち着かない。そばの編集者に言ってしまう。

「約束の書きおろし、元日から書きはじめますよ」

よけいな発言である。六時半ごろから飲みはじめ、午前一時ごろまでそこにいた。私はほとんど食わず、そのため飲む量がそれだけふえる。ふとりすぎはよくないというので、減食中なのだ。だが、こんなことだとアル中になるのではないかと、ちょっと心配。

〈ばっかす〉を出たが、タクシーがつかまらぬ。もう一軒より、一時間ほどたったら、やっと拾えた。帰宅して風呂に入り、からだからアルコール分を抜き、それからまたウイスキーを飲む。なにがなにやらわからんが、眠る前に飲むのが習慣となっているので、そういうことになってしまうのだ。

一月一日

賀正。空は晴れわたり、あたりは静かで、まさに元日びより。机にむかい、書きおろし長編にとりかかる。

〈小学生のころ、こんなことがあった〉

これが第一行である。いままでは構想がまとまらぬうちは一字もとりかからない主義だったが、今回はちがうのだ。私の母方の祖父、小金井良精という学者の評伝である。どんな作品に仕上がるものか。

こういう新分野にとりかかるには、元日がいい。心機一転ムードがあるからだ。十五枚ほど書く。ついにスタートした。あとは少しずつ書きつづければ、やがて完成するだろう。

眠る前にウイスキーの水割りを飲む。習慣だからだ。

一月二日

午後、SF作家の平井和正、大伴昌司が家へくる。ウイスキーを飲みはじめる。平井氏はタバコをやめて以来、いやにふとってきた。減食をやって酒量のふえた私と、いい対象である。健康になろうとつとめると、しだいに不健康になってゆく。どういうことなのだ。

八時ごろまで飲み、タクシーで横浜へ出かける。中華街である。中国物産の店へ入り、私は古い印材を買った。人民なんとか社による鑑定書つきのものである。

店内では毛語録をたくさん売っている。林彪の序文のついたやつである。おおらかなものだ。バスに乗りおくれるのをなによりの恥としているわれわれだったら、あっというまに回収してしまうところだろう。

中華料理店に入る。私はビールにする。ビールだと腹がはり、食事がそれだけ少なくてすむからだ。

帰途、大森の大伴氏の宅にあがる。彼の蒐集の、戦前の映画雑誌をながめながら、なつかしのメロディーのレコードを聞く。新しい人間ほど古い物を好むのでござる。そして、また、洋酒を飲む。われながら、よく飲むものですな。

（昭和47年3月号）

下戸の屁理屈

井上ひさし

某月某日

酒が嫌いなら嫌い、飲めないなら飲めないでいいものを、何事にも下手な小理屈やら屁理屈をこねないでは済まぬ悪癖があって、そこでまたひと理屈こねあげると、第一に、身に染みこんだ貧乏性が、酒から私を遠ざけているようだ。

いくら貧乏性の屁理屈屋であっても、酒を体内に流し込めば人並みに愉快になる。じつはこの愉快が怖い。この愉快な気分、爽快な心持に足を取られ心も奪《と》られ、そのうちに酒が好きになり、やがて酒なしでは日が暮れず夜も明けず、ついにはアルコールなしでは生きられぬ程になったらどうしようかと、愉快な気分になった途端にそう考え出し、不安になってくるのである。貧乏性といえば聞こえはいいが、じつは臆病なのだろう。

第二に、私は酒飲みが怖い。

父親が早死したために、まったく酒の匂いのない環境で育ったのだが、中学生になったとき、わが家に居ついた男（正確には義父というべきだが）、これが毎度おなじみの地方廻りの浪曲師で、べらぼうな酒飲みだった。素面《しらふ》の時は借りてきた猫どころか、その猫の前の鼠より大人しく、居るか居ないかわからぬ程で、まるで床の間の置物よりも手がかからず、私たちにまで敬語を使うぐらいの弱気な人だったが、これが黄昏《たそがれ》時になり一滴酒が入ると、がらりと人が変わり、大言壮語（たいてい、ちかぢかきっと中央浪曲界の新進花形になってみせる、といった類の大言に、おれの実力はこんな東北の山の中で朽ち果てるほど小さくはない、といった類の壮語）、乱暴狼藉（たいてい、私たちを殴る蹴るといった類の乱暴に、母親に挑みかかるといった類の狼藉）、放尿反吐《へど》（たいてい、小便といった類の放尿に、するめに白菜といった類の反吐）、高歌放吟（たいてい、猥歌の類を高歌し、お得意の浪曲を放吟）した。

酒にはこんなにも力があるのか、としたらその魔力は恐ろしい、人格一変どころか下手をすれば天変地異も起りかねぬ、敬して遠ざけるものはまず酒飲み、次に学校の先生、それから近所の餓鬼大将と、固く固く信じ込んだのが今でも尾を曳いて、酒飲みうじゃうじゃとぐろを巻く酒場へ出向くなど、蛙が蛇の穴へ入るが如き、あるいは豚が自ら屠殺場へ行こうとするが如き、更にはまたこそ泥が交番へ忍び込むが如きと同じ無謀な心持がして、躰が竦《すく》むのである。

加えて、新劇芝居の世界には酒豪が多く、稽古場では人見知りして恥かしそうな役者が、近くの縄のれんで一口飲むや否や、己れの上手下手は棚に上げこっちの芝居はこき下ろすやら、怒鳴るやら、胸倉股倉摑んでくるやらで、そのたびに戸惑い、しまいには辟易《へきえき》してしまう。

もうひとつ、学生時代、帰省する度に母親の屋台の燗番を勤めたが、その土地が漁港であったせいか、おしなべて客の気が荒く、夜が更けて看板近くになると、ひとつやふたつ必ずといってもよいぐらい、屋台ゆるがす口論いざこざ大喧嘩が始まり、止めに入れば殴られる、放っておけば屋台を引っくり返されるで、閉口した。そんなわけで酒飲みが怖くて仕方がない。

いずれの場合も、酒を注ぐ側に廻るからいけないと考えつき、去年の九月だったか、「道元の冒険」という拙作芝居の千秋楽に、飲む側に廻って、酒をがぶ飲みしたところ、たちまち大愉快の気分になり、劇団の人たちに片っぱしから口論を吹っかけ、とうとう全員の前で「本日をもって劇団をやめさせてもらう」と宣言し、大威張りで家へ帰った。翌日、素面にもどり、事情を聞いて仰天し、詫びを入れて元の鞘に戻ったが、これは情けない上にだらしがなかった。

また、初めて酒を飲んだときの、初体験の記憶がよろしくない。それは高校一年の時で、孤児院の聖堂倉庫からブドー酒をくすねて飲んだのだが、これがただのブドー酒ではなかった。毎朝のミサに使われるもので、ミサという聖なる式によって聖変化し、十字架上の基督《キリスト》の流したまいし血と同じになるというたいした代物だった。たとえば、最初の煙草の隠れ喫《の》みに、小学校の奉安殿中に安置される菊の御紋章入りの御下賜の煙草をくすねてふかしたと同じほどの罰当りの所業で、酔っぱらって孤児院の廊下をふらふらしているところを見つかってしまい、かなり小っぴどく叱られた。一度で懲りず、三年間に数度、ブドー酒をくすね、その度に見つかり、決まったように叱られているうちに、犬の条件反射が人間にもあて嵌《は》まるかどうか知らないが、酒をのむ↓見つかる↓天罰くだる、と条件付けられてしまい、今でも酒を口に含むたびに、死後の地獄や煉獄の苦しみに思いは行く。

出ッ歯である処も酒飲みには向かぬと思われる。酔うとただただ笑い上戸、にやつき上戸になる癖があり、いつも、前歯と歯ぐきを露呈することになる。それはまだよいとして、それ以上酔うと、前にばったり倒れて寝入ってしまうのだが、そのとき、地面や三和土《たたき》を前歯で打つ危険がある。

そんなこと信じられない、と仰言《おっしゃ》る方があれば、それは酔うためにこの世に生れてきた幸運な人というべきで、ばったり倒れるとき、どういうものか奇態に前歯を打つことが多いのだ。年に一回はそれをやり、前歯が四、五日、妙に疼《うず》く。そのことへのおそれが、また、酒から身を遠ざける一因となっているように思われる。

したがって、酒を飲もうと決心するまでには大変な手続きが要る。アルコール中毒になっても仕方がないという決心、酒癖の悪い人にからまれてひとつふたつ殴られても仕方がないという決心、一旦、酔ったら何を放言し、何を仕出かしても仕方がない、それは身から出た錆故、当然ながら自分で始末しようという決心、前歯を折るようなことがあっても仕方がないという決心、決心ばかりをいくつも重ねて、ようやくのことで盃をとり、コップを握る。

「それなら家で飲めば如何《いかが》？」

という声がどこからか上りそうだ。「家なら、怖い酒飲みも居ず、前歯打っても相手が畳ならば大事はあるまいし、どんな法螺《ほら》を吹こうと聞く人もおるまい」

ところがじつはそうではない。家にも怖い酒飲みがいるのだ。彼奴は三日で角瓶二つをぺろりという豪の者で、普段でもよく喋べるのが、酒が入ると、酒が舌の油と化けるのかどうか、こわれたテープレコーダーの如く喋べりまくる。それが誰かは機密に属するので、これ以上は書かぬが、耳栓でもせぬことには、ちょっと相手が勤めかねる。かといって耳栓をすれば、侮辱だわ、と詰めよられるは必定で、彼奴からなるべく酒気を遠ざけるためにも、家では酒のサの字も出してはならない。かくの如く、四方八方、支障だらけで、どうにも酒とは縁が薄い。ウイスキー入りのボンボン咥《くわ》えているのがもっとも身丈に合っているようである。

（昭和47年10月号）

地酒とマルティニ

丸谷才一

某月某日

　ホテルにはいって仕事をしていると、開高健さんから電話がかかってきた。向うも近所の旅館にいるのだ。あれこれとしゃべっているうちに、開高さんは先日わたしが届けた金沢の地酒の礼を述べ、

「御好意はありがたかったが、しかし、率直に言わせてもらうとやね、……」

「どうぞ、どうぞ」

「あれでも甘すぎる」

「なるほど」

「そこで大兄に一つ、これぞ昔の日本酒というやつを差上げたいのやが……」

「嬉しいね。ぜひいただきましょう」

晩飯のときホテルのバーで出会うことにする。

定刻に降りてゆくと、彼は隅のほうでマルティニを飲んでいて、紙袋のなかから小型の貧乏徳利のようなものを取出す。「深山菊」という飛驒の酒で、容器そのものがすでに貫禄にみちている。しかも彼は、

「これはここでは飲まないで、深夜、文豪（わたしのことである）が一人で、ちびちび味わって下さい」

などと気を使ってくれる。言葉に甘えてそうすることにし、わたしもマルティニを注文して、二人で閑談に耽る。

開高さんのした話。

この春、彼は釣竿を片手に北海道をぶらぶら歩いていた。歩いていると、とある牧場のなかにいることに気づいた。これはやはり牧場の事務所に挨拶しなければなるまいと考え、声をかけると、白い上っ張りを着た中年男が出て来た。

わたしはこれこれしかじかの者だが、牧場を見せて下さい、と東京から来た文士が挨拶したところ、相手は飛び上って、

「本当ですか。あなたが本物の開高さんですか」

「ええ、まあ、本物の開高です」

照れながら答えると、この獣医さんは彼を住いのほうに案内したのだが、その書棚には専門の本と並んで、開高健のほとんど全著作がずらりと並んでいた。熱烈な愛読者だったのである。

型のごとくその本に署名していると、獣医さんは、

「困りましたな、これは。あまり突然なので御馳走もできないし……」

としばらく考え込んでから、

「そうだ」

と大きくうなずき、

「本当は明日の予定だったんですが、一日くりあげて、牛や馬の交尾をお目にかけましょう」

と言った。こうして東京の文士は、ひろびろとした北海道の春の野で、彼ひとりだけのためのショウを見物することになる。

わたしはここで、

「うーん、いい話だな。まるで『聖母の軽業師』みたいな話だ」

と感心し、こういう一種の美談が生れるのもこの男の人柄のせいだと考えた。彼は、

「嬉しかったよ」

と笑ってから、ちょっと複雑な表情になって、

「しかしねえ、牛の雄も馬の雄もじつに寂しいもんやね。結局のところ人間の雄と同じくらい寂しい」

と言った。

わたしがしゃべった小咄。

プラハの街の警察に、一人の市民がとびこんできた。

「お巡りさん、大変です。時計を取られました。たった今、スイス兵が、わたしのソビエト製の時計を強奪したんです」

「おいおい」

と巡査が言った。

「馬鹿なこと言っちゃいけない。スイス製の時計をソビエト兵に取られたんだろう」

その男はじっと巡査をみつめ、

「いいですか。わたしじゃありませんよ。あなたですよ。そんな危険なことを口にし

たのは」
開高さんとわたしはそれからビフテキを食べにゆき（もちろんこのときは葡萄酒を抜いた）、銀座のバーを三軒まわってから別れた。深夜わたしは部屋で「深山菊」を一杯飲んで、なるほどこれはたしかにうまいと感心した。もう一杯飲みたかったけれど、あまり酔っぱらってばかりいると将来文豪になれないと思い直してよすことにする。

某月某日
ドナルド・キーンさん、篠田一士と四谷の料理屋で座談会（篠田は大学時代からのつきあいなので、敬称をつけるのはおかしい）。
たいへん凝った店で、一日一組の客に限るし、一人あて一本ずつしか酒を出さない。一つには酒が特別のものでたくさん入手できないため、さらには、酔っぱらうと料理の味が判らなくなるためである。三人で、この店じゃあ吉田健一さんはとても無理だなどと語りあう。
料理ことごとく美味、御飯もデザートもよかったけれど、やはりちょっと酒が足りない感じなのは否めない。そこで某ホテルのバーにゆき、水割りを飲む。（ただし篠田は養生のためカンパリ・ソーダ）。

江戸の随筆や平安・鎌倉の漢文日記の話になって、昔の人はじつに筆まめだったと三人で感心する。わたしが、

「しかしあれはやはり、ヒマだったんでしょうね。ほら、兵隊というのは、忙しい奴はむやみに忙しいくせに、ヒマとなるとむやみにヒマで、だからせっせと日記ばかりつけていた……」

と言うと、キーンさんがすかさず、

「それをわたしが読んでいました」

説明するまでもないことだが、キーンさんはアメリカ情報将校で、日本の兵士の日記を読む係だったのである。

「なるほど。それで何か情報ははいりました？」

「何にも」

と彼は大きく首を振る。

「まあ、百冊読んで一つ、というものだろうな」

と篠田が言うと、

「いいえ。百冊読んでも、二百冊読んでも、特別のことなんか何も書いてありませんでした。詰らなかった」

これは貴重な証言である。在来、日本兵の日記のせいで軍の機密が洩れたという話が流布されているが、日本の兵隊はあれでなかなか賢明で慎重だったわけだ。

これを逆に言えば、もし日本の職業軍人が兵隊程度に賢明で慎重で優秀であれば、歴史はどういうことになっていたか判らない、と旧日本軍の上等兵（わたしのことである）は考えたのだが、まさかそんな話をキーンさんの前でするわけにはゆかない。


（昭和47年12月号）

谷保村の酒

山口　瞳

某月某日

夕刻、小学館の編集者が四人で来る。四人はまかないきれないので、南武線谷保《やぼ》駅のそばの『文蔵』というヤキトリ屋へ行く。正しくはモツ焼き屋というべきか。赤提灯《ちょうちん》の、十人でいっぱいという店である。いまは国立《くにたち》市になっているが昔は谷保村であった。ヤボテン、ヤボナスの語源はこれだ。『文蔵』の客は通称原住民が多く非常に気が楽だ。

出版社の人と別れて家へ戻ると、桐朋学園の水沢龍夫氏宅ではじまっているという電話があった。さっそく出かけると関保寿氏、関敏氏のご兄弟ほか大勢の人がいる。本日は八王子市で展覧会を開いている備前の陶芸家中村六郎氏の歓迎会である。陶芸家には大酒呑みが多い。まして中村さんは酒器の作者として著名な方である。したたかに飲み、午前一時過ぎに帰宅。

某月某日

昼すぎ大内延介《のぶゆき》八段、真部一男五段、青野照市五段、沼春雄四段が遊びに来る。総当りの将棋大会で私は全敗。平手だから当然だ。私の手合いは角落であるが、疲れているので平手にしてもらった。角落だとお互いにムキになるし、平手なら向うは居眠りしながら指せる。真部さんが優勝して置時計を差しあげる。真部さんが四段になったとき置時計を貰った。田丸昇五段の結婚式の引出物も置時計だった。なんだか時計のヤリトリをしている感じだ。

五時に予約《リザーブ》してあった『文蔵』へ行く。以前は豪快に食べた青野さんが盲腸手術後食欲に乏しいという。真部さんは二十三歳だが、ちかごろ太り過ぎで節食中だそうだ。十月に結婚する沼さんも美容上のため警戒している。カレーライスなら鍋一杯喰っちまうという大内さんの食が進まないのは過労のためか。どうも気勢あがらず、みんなで歩いて帰ってまた将棋。ウイスキイを飲み午後十一時解散。

某月某日

本誌に連載した『湖沼学入門』が一本になり、今日はサイン会。なんでも私の本は地許《じもと》で強いというデーターがあらわれ、国立駅前東西書房、増田書店に各二百部ずつというぐらいの配本があったと聞いた。売れ残るとみっともないし書店に迷惑をかける。そこで両書店でサイン会をやろうと私が申しいれた。装幀者の関保寿氏が仏画を描き、私が署名し落款《らっかん》し、買ってくれた人の名も書くという手のこんだサイン会である。

午後一時、東西書房の店頭へ先に出た関さんに対して集まった人たちが拍手をしたという。炎天で暑いが、こっちは夢中である。若い女性客が多かったそうだが、私は終始顔をあげられず気がつかなかった。山本容朗氏が取材を兼ねて遊びにくる。その熱心に驚く。作家の勝目梓氏が来る。同じ作家の原田重久氏、桜の研究で知られる大田洋愛氏が来る。翻訳家の常盤新平氏が来る。みんな近くに住む人たちである。

東西書房のサイン会が終って、講談社出版部長の大村彦次郎氏等と連れだって『繁寿司』へ行く。ここは当然ビールだ。勢いをつけないといけない。そこへ『泥鰌庵《どじょうあん》閑話』の滝田ゆう氏があらわれる。滝田さんもこの町の住人である。こうなると、もう、お祭りだなあ。

四時から増田書店。前回芥川賞の中上健次氏が来る。カレーライスを作るつもりで肉とカレー粉を買ったが家へ帰っても米もないし電気釜もないなどといっている。いったん『繁寿司』へ集合し、みんなぞろぞろ谷保村の『文蔵』へ歩いてゆく。これで三日連続だ。出版社から電話があり、女房がいま『文蔵』にいると言うと、『群像』の出張校正ですかと訊かれるという。あるいは、へえ、『群像』では酒を出すんですかと言う人もあるそうだ。

『文蔵』は満席で路地に人工芝を敷きボール箱を卓にして飲む。日本リース社長の井上猛博氏が店の中にいたので、社長、遠慮なく御馳走になりますと言ったら、井上さんは本当に金を払って帰ってしまったことが後でわかった。幼稚園園長の小沢孝造氏から電話があり『パリ』で待っているという。コンクリート会社社長の半ちゃんもいるそうだ。半ちゃんの趣味は流しのギターである。中上さんが、そこにはマイクがあるかと訊く。あると言うと、とたんに浮足立つ感じになった。『パリ』まで、またしても歩く。疲労困憊《こんぱい》、フランスはあまりに遠し。

中上さん、俺の歌は野坂昭如氏よりうまいと言う。どっちとも言わないが、中上さんは邦楽で言う「量《りよ》がある」という声だ。『湖沼学入門』の担当者で、朝から手伝ってくれた福チャンこと福沢晴夫氏もノド自慢である。滝田ゆうさんについては言うまでもない、谷保村の演歌師である。それでマイクの奪いあいになり、ついに私も『君恋し』を歌った。「ミダルルゥ、ココロニィ……」という歌詞がぴったりだと思った。

某月某日

今日は芥川賞授賞式。出席の返辞を出しておいて、さんざん迷ったが、このところ、禁酒中の身にしては飲み過ぎているので、欠席。夕刻、トッパン印刷の安藤直正氏来。安藤さんも出席の返辞を出しておいて迷った末、こっちへ来たという。それではということで酒になり、二軒歩き、深夜安藤さんを送ってそこでまた飲むという仕儀になった。

某月某日

村上龍氏のサイン会が府中の啓文堂で行われるので、大村さんと二人でゆく。麦藁《むぎわら》帽子、無精髭《ぶしょうひげ》、下駄履きというのは、先日の中上健次さんの代役のつもり。昨日の欠席を村上さんに詫びる。好青年なので安心する。この安心するという感覚が自分で説明がつかない。自分のサイン会、村上さんのサイン会を経験して、出版業は三割方は如何わしいという感じを抱く。この説明も困難だが、本を売るという現場に立ちあうと、どうしても、売れなければ困るという考えが働く。本来、小説家は売れる売れないとは無関係であるはずなのに、そのところが、ちょっと……。

谷保村にもどり、文藝春秋の豊田健次氏を呼びだして飲む。大村さんと豊田さんは早稲田の同級生である。休日の編集者に電話をかけてはいけないということを充分に承知しているのに。

某月某日

立川の『籠忠』へ行き縁台を買い『文蔵』まで運ぶ。大勢で路地を騒がせた詫びのつもり。また私たちのように路地で飲む客の便をはかるつもり。そうして、私には、一般に、世間様に詫びたい気持があった。今年の夏はこれで終りにしたいと思った。

（昭和51年10月号）

小実さんの夜

色川武大

某月某日

木下華声さんが東宝名人会に出ているので、ひさしぶりに寄席《よせ》に行く。ちょうど鈴木桂介さん（往年の人気コメディアン）が仙台から出てきて私の仕事場に逗留していたので、同行し、華声さんと三人で一餐《いっさん》し、昔の浅草の話に花を咲かせるつもりだったが、桂介さん、朝からチビチビやりはじめていて、寄席のあと街に出た頃はへべのレケ、

「こりゃァいけねえ、こっちもピッチをあげて彼に追いつきましょうや」

という華声さんの発案で、ドカドカ呑んでいるうちに、三遊亭円窓さんがお座敷をすませて駈けつけてきた。円窓さんは私の中学の後輩で、私の同窓だった友人の教え子である。私は小学校と中学の半ばまでしか行かなかったから、世にいう学校の後輩

というものがまことにすくない。円窓さん、小円遊さん、それから小学校の中村メイコさん、この三人に会うと、わずかに先輩面《づら》をさせて貰う。

新加入者を得て勢いがつき、銀座にくりだした。そのうちの一軒、〝まり花〟というバーで鈴木桂介さんの飄逸《ひょういつ》な味が大受けで、ママ曰く、

「こんな素敵なお爺ちゃん、見たことない」

で、キスの雨が降る。桂介さん、寄留先の私に遠慮して、

「キスは、代りにこっちの人にしてあげなよ」

「駄目よ、今夜は他の人は眼に入らないの」

ああ、私は七十の老人の代りにもなれぬほどモテない男なのである。

六本木から新宿へ、朝まで呑んだけれども、エノケン型の小柄な老人で、一日じゅう酒びたりの桂介さんが、夜明けに至るも意気軒昂で、古いジャズソングを唄い、コミックダンスを踊り、あげくに、

「ああ、俺、一度でいいから、もういいってほど、たっぷり酒を呑みてえ」

その翌日。昨夜の大酒で頭が痛くて仕事どころではない。それに今日はもうひとつ、気持がおちつかない理由がある。

昼すぎ、カミさんを誘って、博品館のアメリカン・ダンス・マシーンのマチネーを観に行く。

夕方、仕事場に行って桂介さんとおちあい、夜、浅草の戦前派芸人たちの集まり〝ごぶじ会〟に出るつもりだったが、どうも気持がひとつおちつかない。

今夜は芥川・直木賞の発表の日で、敬愛する田中小実昌さんや、中山千夏ちゃん、立松和平くん、友人たちが候補にあがっている。

自分のときは、まわりの大騒ぎをむしろ有難迷惑のように思っていたくせに、他人のことになると、そわそわして居ても立ってもいられない。

発表は七時半か八時であろう。浅草の先人たちの会には失礼して、界隈《かいわい》で呑んで待つことにする。カミさんを連れたまま、スタンドバーの〝きらら〟に行くと、ママが酒の肴を造っている。まだ六時すぎで客は一人も居ない。

呑んで待つほどに、七時半になり、八時近くなっても入電がない。待ちきれなくなって〝まり花〟に電話すると、今定《き》まったところで、直木賞は田中小実昌、阿刀田高のご両人だという。

こうしてはいられない。といって、どうすれば役に立つというわけではないけれど、とりあえず、記者会見の場である新橋第一ホテルに走っていく。当人よりはたが昂奮するということがよくわかる。

阿刀田さんがいつもの朗々とした声で、記者たちの質問に応じている。嬉しそうである。小実さんが心持ち固い表情で入ってくる。

記者会見の一問一答、そばできいていたが、「まだよくわからない」「そんなことはありません」「べつに、なにも意識していません」の連発。

座が、やや白けたり、笑声が洩れたりする。しかしよく考えてみると、いずれも正確な返事なのである。普通は、記者たちへのサービスが混じって、もっと返答に筋道や味をつけたくなるが、小実さんという人は、どんなときでもうわずったことをいわない人なのだ。

〝エスポアール〟で水上勉さんが待っているという。私まで図々しく、親戚代表のような顔つきでお邪魔する。水上さんは、七八年前、〝自動巻き時計の一日〟という小説で小実さんが候補にのぼったときから彼を買っていた人である。

小実さんの夜の根拠地である新宿〝まえだ〟に電話を入れる。よかったね、というと、ママ曰く、ありがとう。我が身のことのように感じている様子がよく声音に出ている。

〝まり花〟でまた阿刀田さん一行とおちあい、そこへ吉行淳之介さんが見え、新宿に凱旋するのがおそくなってしまう。

〝まえだ〟のせまい店の中に、水上勉さんをはじめ、野坂昭如さん、殿山泰司さん、中山あい子さんなど大勢が待ちかねている。

野坂さんは、ゴールデン街の入口に大アーチを造り、歓迎・田中小実昌直木賞辞退と、大書しよう、と叫んでいる。野坂流のはしゃぎである。

大酔した水上さんがカウンターの中に入り、ひたすら、小実昌万歳、を叫んでいる。中山あい子さんは泣いているようだ。

シャンペンが次々に抜かれる。際限なく、おめでとう、を連発。ゴールデン街のママやマスターたちが、祝いの酒など持って次々に現われる。浅草から〝かいば屋〟主人クマさんも巨軀を揺すって現われている。

誰かが小実さんと私を眺めて、

「直木賞ってのはハゲの賞かァ」

「それじゃ、この次は殿山泰司の番だな」

合の手に、コップをつかんで、おめでとう、乾盃——。

世間の人が見たら、たかが直木賞で、と思うだろう。また、田中小実昌はもうずっと前からスゴい作家で、今さら新人賞なんて人じゃない、という人も居るだろう。ここに集まった人も頭のどこかでそう思っている。

でも、嬉しいのだ。限りなく嬉しいのだ。何であろうと、小実さんが世間から拍手されるというそのことが大慶すべきことだ。

わァわァと〝まえだ〟を流れだし、ゴールデン街を歩くと、方々の店から女の人やゲイボーイや客が出てきて、おめでとう——。

小実さんはややキビしい表情で、いつものキンコロキンと口伴奏がつく唄が出ない。きっと底なしに照れているのであろう。

〝あり〟で殿山さんと隣り合って、

「いい晩ですね」

「ほんと、いい晩でした」

私も大酔し、誰彼をつかまえてはしゃべる。

「とにかく賞ってのは、それをきっかけに皆が再評価してくれるんだから、有難いよ。

普通は誤解されっぱなしが多いのにさ――」

小実さんはふだんのコースを歴訪しているらしい。私はいつのまにか〝まえだ〟に戻って、のびてしまったママを介抱している――。

（昭和54年10月号）

祝い酒の日々

阿刀田 高

某月某日

直木賞の選考発表の日。決定は午後七時半から八時くらいの予定とか。講談社のK氏、H氏、O氏が、どうでもいっしょに待機する、と主張。落選の可能性のほうが強いというのに。

六時頃から仕事場でビールを飲み、寿司をつまみ、いくら飲んでもいっこうに酔わない。

七時半を過ぎる頃から尻のあたりがモソモソと不快に悶え、腕時計などチラリと眺める。三氏、それに気づきながら、さりげなくそっぽを向いたりする。

七時四十余分、電話のベルが鳴り、受話器を取れば聞き覚えのない声。かねてより〝知り合いの編集者ならば、落選の通知〟と知らされていたので〝もしや〟と思う。

次の瞬間、機械の中の声は「日本文学振興会ですが、あなたの作品集が直木三十五賞受賞と決定しました。お受けくださいますか」

「はい、喜んで」と答えたとき、三氏より拍手。ビールで乾盃。

ただちに新橋第一ホテルへ赴き記者会見など。その後、銀座の〝絲〟へ行き、各社編集者諸氏のお祝いを受ける。〝まり花〟へ廻れば、今夜同じく直木賞を受けられた田中小実昌さんが色川武大さんと一緒に見えておられる。吉行淳之介さんもいらして、ここでも乾盃。ふたたび〝絲〟へ戻り、編集者諸氏と〝スリー賀川〟へ。

明朝のテレビに出なければいけないので、アルコールの量を若干ひかえたせいもあるのだろうが、いっこうに心地よい酩酊《めいてい》がやって来ない。頭の中に酔いと興奮が同居しているみたい。アドルムとヒロポンを一緒に飲んだら、こんな気分だろうか。

某月某日

朝早くＮＨＫテレビのインタビュー。いったん家に帰り、午後文藝春秋へ。芥川賞の重兼さん、青野さん、そして直木賞の田中さん等と社長および幹部諸氏の祝辞を受ける。

それから受賞作の版元である講談社へ顔を出せば、図書出版部、雑誌編集部、営業部などの諸氏が大勢集まってくださって、柿の種、ピーナツ、おのろけ豆など袋菓子を開き、冷えたビールで大祝賀パーティ。オフィスの中で部外者がこんなに親しい、心づくしの歓待を受けるとは……予期せぬことでもあり、とても感激した。

その後M文芸局長に誘われて銀座の〝眉〟へ。明日の仕事もあるので十時にアルコール・ストップ。外に出ると、折からの小雨が頰にかかって気持ちよい。

某月某日

夕刻、文藝春秋へ。〝オール讀物〟のS編集長と四谷のうなぎ屋へ行く。今日の会談は選考会の二日前に予約したもので「今後のことをご相談しましょう」という主旨だった。選考会を前にして〝オール讀物〟の編集長から今後の相談をもちかけられるようでは〝受賞の可能性はないな〟と踏んでいたのだが、結果はうれしい誤算となり、急遽祝賀会となる。うなぎで栄養をつけて銀座〝まり花〟へ。小説家の慶事は、酒を飲む回数も増えるが、書かねばならない原稿の枚数も増える。二日酔では私はろくな原稿が書けない。飲んだら書くな。書くなら飲むな。とは思いながらも、十二時近くまで飲む。飲み物は東京湾カクテルとチャーム・ナップ・カクテル。前者はジントニックにレモンのみじん切りを、漂うゴミのごとく投げ入れたもの。後者はトマト・ジュースのビール割りなり。

某月某日

物書き仲間の塩田丸男氏、志賀信夫氏、そして〝小説新潮〟編集長のK女史が受賞を祝ってくださる。会場は四谷荒木町の料亭。デラックスだなあ。このメンバーとは、その以前から年に二回ほどのペースで〝花街で遊ぶ〟勉強会を続けて来た。今回は、その臨時総会といったところ。私自身、歌えるのは流行歌だけ。お座敷芸などなに一《い》つとして持っていないのだが、みなさんは小唄、長唄、民謡など、なかなかの名調子。一十二姐《そじ》さんの糸で、芸者衆三人がお祝いの踊りを披露してくれた。お座敷は最近、夏枯れのよし。

某月某日

仕事場から家へ帰る途中、ちょっと廻り道をすると小さな魚屋がある。ここで夕月カマボコ一本か、マグロのブツ一ふね、もしくはタコの足一本買ってナイターを聞きながら酒を飲むのが日課だった。

このところなにかと忙しく魚屋へはご無沙汰続きである。久しぶりに立ち寄ると、大将が「テレビを見たよ。旦那、わりかし偉いんだね」。三百円のブツでは、直木賞の品位を穢《けが》すような気がして、本日はハマチの刺身を一ふね買う。

百円負けてくれた。

わが愛する阪神タイガース、不思議に好調なり。もう少しスタントンが打てばいいのだが……。

某月某日
夕刻六時より芥川賞直木賞の授賞式。開会前にソファに腰かけていたら芥川賞選考委員の大江健三郎さんがつかつかと歩み寄っていらして「阿刀田さん、おめでとうございます」と、わざわざ名を呼んで祝ってくださった。これまでに面識はない。昔からの大江ファンなので、とてもうれしい。
控え室で待つうちに水割りを二、三ばい飲み、トイレへ行かずに式場へ入ったため授賞式の最中おおいに尿意を催す。新田次郎さんが、おそらく私にとっては生涯二度と聞くことのない、すばらしい讃辞を贈ってくださって、それはそれで感謝感激、耳をそばだて、何度も何度も心で嚙みくだいて傾聴したいのだが、まことに不心得にも下半身が集中力を削《そ》ぐ。

式次第が滞りなく終了し、とりあえず放尿。しかるのち先輩、知人、友人諸氏の祝辞を受ける。

パーティでは飲み物に不足はなかったが、次々にみなさんが声を掛けてくださるので、食べ物のほうまでなかなか手が廻らない。シューマイを五、六個口に放り込んだだけだった。戦中戦後に生きているので、食べ物にはどうも意地きたない。カニ爪のフライ、など大好物だが、食べるのに手間ひまがかかるので遠慮せざるをえない。心残りなり。

〝まり花〟〝絲〟〝スリー賀川〟〝眉〟を徘徊。銀座の飲み屋は高いと思っておられるかたが多いけれど――〝駆け出しの物書き風情で高級クラブの梯子などするな〟と思われるむきもいらっしゃるだろうけれど、全部が全部高いわけではない。本稿に登場した店のうち、二軒はかなり安い。あしからず。

飲むほどに酔うほどに時刻はどんどん流れて、午前二時。明日は六時に起きて家族と下田まで海水浴に行かなければいけない。二男一女は、なにがなんでも親父を連れて行くつもりなのだ。

某月某日

午後一時過ぎ、下田Bホテルに着く。冷蔵庫をあけ、冷酒を一合グッと飲むと、とたんに睡魔が襲って来た。子どもたちを海へ追いやってまずは冷房のきいた部屋で一寝入り。

夕刻五時に目ざめ、温泉につかり、ビール一本と冷酒を二合ほど。ふたたび眠気を催し、そのままゴロリ。二男一女は花火につきあってもらえず、おおいに不満そうだった。

（昭和54年11月号）

酔って独りごと

半村 良

二月五日木曜日

正午、銀行次長来る。税金の件。四十分で帰る。意欲喪失《そうしつ》、執筆中止して書斎掃除はじめる。四時、旧友香川突然来訪。新宿のますみがとうとう死んだという。葬式も終ってしまった由。誰も報《し》らせてくれなかった。五時半グランドパレス。SF作家クラブ総会、遅刻。のち堀晃氏の受賞パーティー。会後講談社三木さんと「眉」。あと「まり花」。我孫子《あびこ》さん園田さんと「ふたり」。半文居《はんぶんこ》帰着一時半。わりと早かった。

二月九日月曜日

風邪引いた。発汗。「まり花」十周年パーティー行けず。いくちゃんごめん。八時香川より入電。どうしても新宿へ来いという。

二月十二日木曜日

風邪なおらず。六時よりホテルオークラ、ナリタ国際ＣＣ理事会。出席のつもりだったがこれも行けず。満野ちゃんごめん。

二月十四日土曜日

両国高校有志の集り。先月死んだ仲間をしのんで……この頃いやに友人が死ぬ。

二月十五日日曜日

執筆。夜、富田道夫氏より入電。来月上旬再会を約す。氏、とつけるのも少々おかしい感じ。小学校の同級生なり。三十五、六年ぶりの再会になる。お互いに少し照れているところあり。

それにしても、親友が次々に死んでしまうし、やけに遠い過去から友達が声をかけてくるし、少し妙な気がしてならない。うしろへ引っぱられているような感じだ。先日は誠子ちゃんから突然電話があって一時間も長ばなししたし、暁子まで電話をかけて来る。二人とも俺がまだ二十七、八だった頃の付合いじゃないか。とにかく何だか知らないが陰気で滅入《めい》ってしまう。般若心経を五枚も六枚も写経したせいだろうか。

二月十六日月曜日

執筆二時で中止。東京会館へ。ペンクラブ理事会。例会もあり。解散後新宿へ行く。「野菊」へ顔を出すといきなりママが泣きだした。あいにく客は一人もなし。バーテンの吉田が帰って来ている。八年札幌へ行っていて先月戻ったのだという。ますみの想い出ばなしばかり。いくら飲んでも酔えない。女も古いし男も古い。もちろん婆ぁも古いにきまっている。俺も古くなっちまったみたいだ。錆《さ》びついて、やっと浮んでるって感じ。まだそんな筈《はず》ないのになあ。

「野菊」の婆さんが嫌なことを言いやがった。

「みんな物凄い勢いであの世へ行っちゃうよ。馬鹿は長生きするってのは嘘だねえ。みんな馬鹿なのに早死しちゃうもの。あんた長生きだよ」

だってて。冗談言うねえ、俺だってまだ立派な馬鹿だぞ。香川の奴、来なかった。

帰ったらどっと酔いが出て、一人きりの半文居で随分たくさん独りごとを言ってたみたいだ。独りごとを言うようになっちゃあ……。

二月十七日火曜日

本日アシスタント岡邦子君入院。三週間の予定。元気で帰って来てね。香川から息せき切った電話。「野菊」で会うのは今夜の筈だったたって……俺が一日間違えたのかなあ。すっぽかされた上にこっちがあやまってるんだから世話ァない。六時半、講談社フェーマス・スクールに出席。杉森久英さん金沢行きによるピンチヒッター。でも、俺なんかが小説講座の講師なんかやっていいものかなあ。「野菊」の婆さんの科白《せりふ》を思い出してしまった。

終了後半文居へ帰る。太陽の世界、あと五、六十枚で仕上る。でも何だか醒《さ》めて、虚《むな》しくて、それに不吉な感じがしていけない。東映の渡辺亮徳氏あたりと会って洗脳してもらうのが一番いいんだが、酒呑む気にもならない。落ち込んでる、って奴か。

二月十八日水曜日

昨夜から一睡もせず、書きもせずだ。打開策に松山行きを思いたつ。すぐ奥道後ホテルの城戸君に電話。樋口のとっつぁんに頼んで切符都合してもらう。二十一日から十日かそこらの予定。原稿あがったら角川の連中に取りに来てもらおう。奢《おご》るからおいで。

松山行き手配完了後、急に気付く。いけねえ、あそこも柴錬さんや今さんの想い出でいっぱいじゃないの。京都の大文字屋へ行けば梶山さんの色紙がある部屋へ入れられちゃうし、まったく俺ってこの頃どうなってんだろう。

二月十九日木曜日

仕事ヤメタ。横浜CCへゴルフしに行く。三好徹先輩のお誘い。先輩不調。まごましてると追いつくぞ。少し元気出たかな。

帰って来ると急に書きたくなり、机に向う。スイスイ行く。でも十時、香川が来ちゃった。新宿へ来いと引っぱり出しに来たわけだ。ルヰの仙田のモデルは自分だと勝手にきめてしまってるから始末が悪い。今夜来ないんならモデル料をとるって言いやがる。だいたいこんなに落ち込んじゃったのは、渡辺甚一が死んだあと、すぐますみが死んだせいだ。もう少し元気が出るまで放っといてくれないかなあ。でも結局出て行く。せっかく新宿へ出たって「まえだ」も「まつ」もなしだ。みんなごめん。

それにしても、ますみはいい奴だった。あんたには老《ふ》けた顔を絶対見せてやらないよ、って、その科白にジンと来て会わずにいたんだけど、こんなになるんなら強引に会っとけばよかった。小説家なんか嫌いだって言うから、それもそうだと思ってたけど、遠慮なんかするんじゃなかった。

「野菊」はこんでて、みんな酔っぱらってた。俺ひとり醒めてて、なんだかのけ者にされたみたい。勘定は払わずに来た。それが礼儀というもの。

二月二十日金曜日

七時より赤坂「若林」。月例の小説宝石対談。今月のお相手は古今亭志ん好さん。とにかくこれも古い人だ。あの志ん生が名前ばかり変えて売れなかった頃の人気スターだもの。枯れて、成り行きでおかしくて、そしてなんだか背中に風が吹く。今日のあたしの気分にぴったりの人なんだなあ。

二月二十一日土曜日朝

これから松山へ行く。日記お休み。

(昭和56年5月号)

グラス二杯の白ワイン

宮尾登美子

某月某日

奈良漬を食べただけで酔っぱらうという言葉があるけれど、私のは奈良漬屋の前を横切っただけでフラフラになるというほどの下戸《げこ》だった。

しかるになんとなんと、いまや私は下戸もアル中とのボーダーラインをうろうろするほどに大変貌してしまい、人生航路まことに意外性に富むのをうたた痛感しているところ。

ことの起りは、いつも新聞小説のはじまる前にあらわれる顕著な症状、それはイライラ、不眠、動悸、強迫感になやまされ、毎日毎日精神安定剤をあおり続け、しかしさすがにこれは不安で、精神医の加賀乙彦さんに相談をもちかけ、寝酒をすすめられたのがきっかけである。

いや、五十余年生きてきたあいだには、いく度かアルコールへの挑戦は試みており、たとえばバーのカクテルメニューの上から下まで順番に征服する悲願を立て、まず㈠のミリオンダラーに見参、グラスを上げてそのピンクの酒をぐいと飲んだとたんに全身の汗が吹き出し、手足は冷え、心音はかすかになって瀕死の状態、とうとう救急車のお世話になって蘇生《そせい》したのが私の三十代前半だった。

酒の国土佐に生れ育っているのに、どうも私の体質は家系らしく、父も兄も一滴もいけないし、それに生来心臓の弱いことがどうもアルコールに対して異常に敏感な不安を呼びおこすらしい。

しかし、冒険を好む女の三十代はこんなことでは懲《こ》りず、ミリオンダラーはおろか、マダムキラーからルシアン、最後のサイドカーまできっと飲んでみせると意気だけは盛だったが、ついには何もなし得ず、酒席ではビールをほんのちょっぴり嘗《な》めるだけ、という状況をずっとこんにちまで持ち越していたのである。

加賀先生のおん申し付けをいまやっと拳々服膺《けんけんふくよう》できるようになったのは、昨年夏から医者の指示で心臓の薬をずっと常用しているせいかと思われるが、それにしてもこの大変化、私にとっては生涯の十大事件のトップにするつもり。

で、この頃は定量決って晩酌に白ワインをグラス一杯、寝酒に一杯。一日計二杯なのだけれど、これがなくては夜も日も明けぬという焦《こ》がれようだから、悪くするとほんとにアル中に転落するおそれあり、ご用心というところ。

某月某日

食事に招かれたあと、以前は二次会にバーへ誘われるのは一種相勤める感があったけれど、この頃では非常に積極的にバーへお供する。

酒は飲めなくても、バーの雰囲気は以前から好きだったから、考えてみればこんにちの素地はあったらしいが、人称して私のことを「下戸のバー好き」という。

バーは、ホステスさんがいてもいいし、いなくてもいい、またカラオケを歌える仕掛があってもいいし、なくてもいい。要するに、酒場の話題が好きなのだから、いい話し相手があればその他の小道具は要らぬ。

ここで私が飲むのは専《もっぱ》らカンパリのお湯わりである。

どういうわけか、バーにワインを置いてあるところはめったにないので、最初酒の棚を見て真っ赤なそのいろをきれいだと思い、ソーダでわって飲んでいたのが、お湯でわればおなかの薬になると教えられて、いまはそれを固守している。

但し、コップ一杯のカンパリを飲み尽すのは至難のわざだから、三次、四次のはしごとなるとあとはもう下戸の素面《しらふ》に還ってジンジャーエールしか飲めなくなってしまう。

実は加賀先生に勧められたのはブランデーだったが、これを試みて私はぶったおれてしまい、そのあと、家にある酒類を次々と試してみた結果、アルコール度の少ないワインがいちばん自分に合うのを発見したのだった。

だから、どんなに薄めてもいまだにブランデー、ウイスキーのたぐいは嫌いだし、ならリキュールのカンパリが何故飲めるかといえば、これは視覚的にきれいだから暗示にかかっていると思える面が多分にある。

しかしワインもカンパリも、胃袋のなかの引出しがちゃんと決っていて、定量以外にはどうしても受けつけないのは、これは不思議なほど正確である。やはり潜在意識として、酒を多量に飲めない体質としての自戒が働くせいなのだろうか。

某月某日

私は談論風発、賑《にぎ》やかな酒も好きだけれども、うちでたった一人、晩酌するのもこれまたよいものだと思う。

何しろグラス一杯、と決まっているのだから、この一杯をいかに楽しむかが毎日の課題であって、ときにテレビを見ながら、ときにもの思いにふけりながらなるべく長く長く、この時間をすごすように工夫する。

グラスもちゃんと決めてあり、疲れていてすぐ酔うな、と思うときには、倉敷の吹きガラスの小谷真三さんが下さったミニのかわいいやつ、レギュラーは、日経ショッピング編集長秋山康政さん宅から強奪してきたグリーンのグラスである。

秋山さんはこれを骨董屋でみつけてこられたのだそうで、なるほど作りは大正ムード、ちょっと稚拙《ちせつ》で愛らしい。

そして、元気で気も張っていて、どんと来い、とおもうときは、八尾の桃林堂、板倉亮子さんが下さった浜田庄司さんの四男の方が作られたピンクのぐいのみのグラス。

これはまんまるくて、三つのグラスのうちではいちばん容量が大きく、日本酒の小さな盃なら約二杯分くらいは入ろうか。

私はこれをあんずのグラスと名づけ、ハンカチに包んで外まで持ち歩くほど愛用しているが、寝酒は大てい、このグラスになみなみと注ぎ、寝床で腹這いになって飲むことにしてある。

一日の終り、今日の仕事がうまくゆき、明日もすらすらと書けそうだという予感のあるとき、このピンクのあんずのグラスを口に運びながら、酔いがゆっくりと体をめぐるのを感じるのは、ほんとにほんとに何よりのしあわせ。

こんなときは、日頃嫌いだと思っているあのひとこのひとが、何故か親しくなつかしく感じられてくるから、酒ってものはまことに不可思議なる飲物である。

この頃では、白ワインでも自分の飲みしろは自分で用意してあるので、ホテルへかんづめに入る際でもちゃんとデカンターに入れてそれを抱いてゆく。デカンターはグラスとお揃いで、小谷真三さんの作品。

一日の計グラス二杯、それもワインとカンパリ以外はダメという新参者に酒を語る資格はあるまいが、いや、ま、後発の人間でも突然高度成長を遂《と》げることもあり得ることを夢みて、こんなお笑いぐさを書かして頂く。

（昭和58年7月号）

乞うご期待「スタア」

筒井康隆

五月二十九日（水）

一時十六分西明石発のひかりで上京。

車内では「ユリイカ」の特集・言語革命を読むが、得るところ、ほとんどなし。車内のレストランで、こんなものうまい筈《はず》がないと思いながら四千五百円のステーキを食べたら案の定うまくなかったので、満足した。

キャピトル東急ホテルに五時着。

六時、「小説現代」中島君、迎えに来る。銀座の「はち巻岡田」へ。ここは久保田万太郎先生や花柳章太郎丈が句会を開いたという由緒ある料理屋にして、魚を中心としたうまい料理が出るなり。宮田新編集長も来て、三人で何やかや話す。

「究極のショート・ショート」と銘打《めいう》った「怒るな」という作品を、九月号に載せてもらうことになった。これ以後、ショート・ショートは誰も書けず、ついに絶滅するというものである。乞《こ》うご期待。

歩いて「まり花」まで移動。呑《の》んでいるうちに、黒鉄ヒロシが角川書店の小畑氏、大和氏と一緒にやってきて、これより馬鹿話の花が咲き、ブラック・ユーモアで笑いころげること二時間。客の人柄もあろうが、人数も、この店はこれくらいがいちばんよろしい。いつもは詰めこみ過ぎです。

二日間酒を呑んでいなかったものだから、いくらでも入り、ついに十杯を越した。

ホテル帰着十一時半。

五月三十日（木）

案の定、眠を醒《さ》ませば二日酔い。しかしコーヒーを飲んだらなおってしまった。

今夜の講演のためのメモを作る。講演はすべてことわっているのだが、義理でやらねばならぬことが年に四、五回ある。全部ひきうけていたらどうなることであろうか。恐ろしいことである。

三時、新潮社の初見氏来室。八月末に出る「玄笑地帯」（エッセイ集）の打合せをする。三時半、迎えの車が来て、池袋のサンシャイン劇場へ。本日、聴衆は全員女性と聞き、初耳だったので仰天。

楽屋《がくや》で、単行本約百五十冊にサインさせられる。これはほとんど売り切れた模様。

楽屋へ新潮社の中村氏、横山氏、営業の人たち、次つぎとやってくる。横山氏には「法子と雲界」という小説の原稿を渡す。わけのわからぬ話であり、これは「小説新潮」の九月号か十月号に載る。乞うご期待。

七月公演の宣伝をするため、筒井康隆大一座の連中も、チラシを持ってやってきた。映画監督の内藤誠氏、日本筒井党（ファンクラブ）の平石君などもやってきた。

六時四十分、講演開始。「現代文化と演劇」と題し、主に歌舞伎のことを喋《しゃべ》る。

講演終了後、内藤監督の映画「俗物図鑑」が上映されたが、おれは新潮の三氏と共に神楽坂の「寿司幸」へ行く。ここは井伏鱒二先生、永井龍男先生などがお見えになるという由緒ある寿司屋にして、新鮮な魚が出るなり。

三氏と共にホテルへ戻り、呑みながら十一時頃まで喋る。就寝十二時。

二日酔いがいやなので、自制したつもりであったが、また呑み過ごしたようである。

五月三十一日（金）

案の定、二日酔いである。だが、レストランへ行って熱い排骨湯麵《パーコーメン》を食べたらなおってしまった。

二時、中央公論社の新名君、坂下君来室。「中央公論増刊号」SF特集の内容について討議をする。最尖端科学と最尖端SFを紹介するわけだが、執筆者について討論を重ね、大まかなアウトラインを決めるのに四時間かかった。

新名君には「中央公論文芸特集」秋季号用の「影武者騒動」を渡す。これは並木正三の「近江源氏鞜講釈《しかたこうしゃく》」の中の一幕だけを独立させ、現代語に書きなおしたもの。乞うご期待。

もう二日酔いはいやだから、おとなしく自室でルーム・サーヴィスの和食を食べ、テレビの巨人——中日戦を見る。じっくり楽しむつもりだったのに、あっ、何てことだ。西本が完封し、二時間十五分、あっという間に終ってしまった。

ウイスキーたった百mlですっかり酔いがまわり、九時就寝。歳《とし》ですなあ。

六月一日（土）

散髪に行き、マッサージにかかる。

歩いて都市センター・ホールまで。途中、本屋で堀田善衛「路上の人」を買い、喫茶店でぱらぱらと読む。

五時、ホールのロビーで川和孝氏、内藤誠氏、山下洋輔氏、ジャムライスの岩神六平氏（山下氏の名物マネージャー）と落合い、芝居、映画、それぞれの音楽の、録音の打ちあわせ。筒井康隆大一座第四回公演「スタア」は、七月十三日（土）から十七日（水）まで五日間、砂防会館ホールにおいて六時半（日曜は二時のみ）開演。公演が終るとただちに映画の撮影に入るのである。乞うご期待。

演出は、芝居の方が川和孝、映画が内藤誠。今回、音楽は全部おれの作曲なので、山下氏には編曲、演奏、指揮、歌唱指導などをやってもらうこととなる。

六時より、芝居の出演者の顔合せが行われる。納谷六朗、西尾美栄子、阪脩、いずれも一年ぶりの懐かしい顔である。三十余名が集る。おれは作者用、役者用、二冊の台本をもらう。第一幕だけ読みあわせを行い、ビールで乾杯。

内藤氏と共にホテルへ戻り、自室で呑む。ちょうどテレビで黒澤明「椿三十郎」をやっていたので、「乱」のことなど、いろいろ話がはずむ。

十二時就寝。

六月二日（日）

十二時十六分東京発のひかりで帰神。

車内で「路上の人」三分の二まで読む。うしろの席で餓鬼が騒ぎやがったにかかわらず、あまり面白いので速読しすぎたようだ。こんなにすらすら読めたのでは、キリスト教のこと、中世ヨーロッパのこと、堀田さんの言いたいことが読者によく伝わらないのではないかと心配する。前作「ゴヤ」まで読みたくなった。読んでいないのだ。

帰宅四時半。手紙類が山積み。いそいで整理する。さいわい急用は何もなし。ウイスキーを呑みながら久しぶりに巨人——大洋戦をテレビで見る。巨人、また敗けた。なんてことだ。

寝てからも「路上の人」が気になり、ついに深夜二時より読みはじめる。読み終ったら朝の六時。なんてことだ。


（昭和60年8月号）

ポンちゃんの受難

山田詠美

七月十三日

文芸編集長の高木さんと担当の樋口くん、あと新入社員の吉田君と三時まで、渋谷で日本酒を飲む。吉田君は外語大ロシア語科で島田雅彦の後輩である。彼はピアノを弾くのだけど、なんと彼のピアノの伴奏で島田君は学生時代に誰もいない講堂で当時の恋人とワルツを踊ったと言う。まるで、「ワンスアポンナタイムインアメリカ」みたいだと私は感心してしまった。高木さんは相当酔っ払ったので、私はお説教した。

七月十四日

今日から、選考の日まで、ホテルに泊まるのさ。わーい、わーい。引っ越し準備やら何やらでゴタゴタしてるアパートメントを抜け出せるのが嬉しい。で、東京に向かう準備をしていたら、突然、五年前の恋人が訪ねて来る。あの頃、彼は二十歳で、私は二十三。一緒に暮していた男が事件を起こしたことを聞いて慰めに来てくれたって訳。こういう時に現われるなんて、さすがに昔の男だなあ。話をしたら、とっても大人になっていて感動した。五年前、彼は本当にまだ子供で、その一途さに嫌気がさして、私はこっぴどく振ってしまったの。でも、すっかりもう大人同志の話が出来そう。しばらく話をして、彼は帰った。と思ったら、一、二分後にすぐ電話が来て、金曜日、元気を出してもらいたいから君を食事に連れて行くだって⁉　わーい、私は、木曜の選考の日よりも、そっちが気になってしまい、自分の呑気《のんき》さにあきれ果てる。

七月十五日

昨夜は、新潮社の担当三人とオリーブの池田君と三時頃まで六本木で飲んでしまい、頭がズキズキ。朝から、ＴＢＳの録画撮りがあるので一時間しか眠れなかった。安部譲二さんの番組にお呼ばれしてるのだ。なんと、ガッツ石松さんも来るそう。なんだか、動物園みたいな番組ですねえ、と、今や、私の最強の鞄持ちと化した月刊カドカワの石原君がお迎えに来てくれる。いつも人に気を使うポンちゃん（わたしの愛称）

が唯一、わがままを言える人。わがままと言うよりは理不尽といった方がよいかもしれない。

朝の番組だってのに懲《こ》りない面々はビールなんか飲み始めて上機嫌で番組終了。それにしても、ガッツ石松さんて、すごくセックスアピールがある。なんだか見城さんを彷彿《ほうふつ》とさせるね、と言ったら石原君が大笑い。

夕方、野坂昭如先生のインタビューを受けるので、それまで休もうとニューオータニにチェックインする。石原君に景気つけようぜえ、とはっぱをかけて上の中華料理屋さんに行って御馳走を昼間から頼む。だのに、彼は、フカヒレのスープしか飲めない。明日の選考会を前に彼はもう流動食しか喉を通らなくなっているのだ。もちろん、この一週間というもの、眠ることすら出来ない。私が金曜日のデートで何を着ようと言うと、ポン助は脳天気でいいなあ、と溜息をつく。

さて、野坂先生のインタビューは、とても、私に気を使ってくださったためにポンちゃんはわがままも言わず、なごやかに終わった。しばらく、ニューオータニでジントニックを飲んだ後、先生は銀座に連れて行ってくださった。とっても楽しくって、思わず、野坂先生に抱きついた、ということはもちろんなく、それどころか、私は昨

夜の寝不足のためハイヤーの中で先生を枕にして口を開けて寝てしまった。あー、恥しい、死にそう‼

七月十六日

いよいよ直木賞の発表の日。オリーブの池田君や編集長、副編集長さんにお昼を御馳走になる。編集長の淀川さんはとっても素敵なレディだ。

夕方まで、手紙を書いたりして過ごす。そしたら、何だか急にドキドキしてしまって、つい売店で二万近くも買い物しちゃった。「ソウルミュージックラバーズオンリー」に合わせて、うんとソウルフルに決めようと思い、母が若い頃、着ていたワンピースを持ち出して、シェープリームスになる。髪の毛の逆毛作りに余念がない。そんなことしてると、見城さん、石原君が部屋に来る。私はその前にちゃんとボジョレーを冷して用意していたのさ。FENをつけると、ちょうど臭いソウルがかかってたので、まるでステージに上がる前のシンガーのような気持。石原君はすっかり憔悴《しょうすい》しきっている。さすが、編集長の見城氏は元気である。

六本木「トゥーリア」の前に行くと、人だかりがしているので、何だろうねえと言っているると、ＴＶカメラが寄って来て、どうやら、私たちを待ちかまえていたらしいというのが解る。それにしても、ものすごい取材陣。待っている最中も、もう、こっちがつぶされそう。税理士のアマノさんは悲鳴を上げていた。私は、芥川賞も混ぜて、もう連続四回目。でも、やっぱりドキドキしてしまう。皆、知らせがある前に、もうすっかり酔っぱらっている。私は、知らせの後で飲もうと思い、じっとお酒をこらえる。八時半頃、やっと受賞の知らせが入って、もう、狂乱の騒ぎになる。見城さんと石原君は泣いちゃうし、私は頭をくしゃくしゃにされるし、何が何だか解らない。カメラマンの横山さんも泣いちゃうし、私は大口開けて、わーい、最高‼　なんて、わめいちゃうし、フラッシュでまわりは真っ白になっちゃうしで、この世のものとは思えない。私を罪人扱いしてた新聞記者たちも、突然、味方になって、本当に人間て不思議。昼間、編集部に電話をかけて来て「今日はいよいよ、山田さんに審判がくだる訳ですが」と、ほざいたサンスポの女記者は、いったい、どうゆう気持だったでしょーね。私、あんた達が私に対してやった事、絶対に忘れないよ。

東京会館には担当の男の子達が皆、集ってくれて嬉しかった。会見で、馬鹿なレポーターの質問にまた腹を立てたけど、今日は、みいんな許しちゃう。

その後、皆で、六本木の「インゴ」に行って、改めて内輪のお祝いをする。篠山紀信さんがドンペリニョンを持って駆けつけてくださった。皆、めちゃくちゃに酔っ払い、帰りに若手編集者たちと私に講談社の川端さんが、御馳走してくださった。ホテルに戻ると、部屋には花束やら、おてんこ盛りの果物や、シャンペンが届けられていて、やっと実感が湧いて来て、しみじみとしてしまう。私をずっと好きでいてくれた皆に心からお礼を言いたい気持になった。

七月十七日

やっと家に帰って、デートの準備に大わらわ。忙しいけど、とっても幸福。皆さん、本当にありがとう、と言いながら、ドレスを選ぶ私は、お姫様気分です。原稿を書く前はとってもナーバスになっちゃって、まるで試合前のボクサーみたいな気持だけど、こういう時は本当に嬉しい。

七月某日

セブンイレブンに行って、偶然平凡パンチを見て驚いた。四年前の私のヌード写真がまるで撮り下しのように載っけてあるじゃありませんか。あの撮影、とっても楽しかったのに、何だかクレーム付いたみたいで私は悲しい。悲しまぎれに、パンチ編集長に、人をなめんのもいーかげんにしろよな、と、電話で怒鳴った。言っとくけど、私は喧嘩のプロである。ただの物書きのねーちゃんと一緒にしないでくれ。あーあ、ポンちゃんの受難は、まだまだ続きそう。

（昭和62年10月号）

良き人良き酒

吉村 昭

某月某日
羽田から直行便のジェット機で稚内《わっかない》まで行き、船で利尻《りしり》島につく。
江戸末期に利尻島へ単身で上陸したインディアン系のアメリカ人であるマクドナルドという人物のことを「海の祭礼」という小説に書いたので、かれについて講演を依頼され、再び島を訪れたのである。
講演を終り、会場を出ると、神秘的とも思えるほどの濃い闇。冴えた星の輝やき。しばたホテルという宿にもどって、教育委員会の人、若い中学校教師、宗谷《そうや》支庁の女性職員と、うにを肴《さかな》に酒を飲む。ほのぼのとした人たちとの会話。心温まるこんな酒が好きだ。

某月某日

数年前から家で一人飲むことが多くなった。年齢相応というべきか。仕事は夕方でやめ、その後は十一時半頃までビール、日本酒、焼酎とウイスキーの水割りの順序で少量ずつ飲む。チャンポンで飲むのは悪酔いするというが、医学的根拠のない俗説。二日酔いはこの十年ほど縁がない。

九時すぎ、勤めに出ている娘から駅についたという電話。酒を中断し、途中まで迎えにゆく。雨が降り、霧が流れている。薄暗くても娘の姿は遠くからでもわかる。適齢期なのだから好ましい青年が現われ、幸せな結婚をして欲しい、と娘と歩きながら思う。門燈が見え、娘が小走りに門に近づきブザーを押す。

某月某日

吉祥寺駅の近くに行き、「磯八」でふぐを肴に酒を飲み、バーの「かつら」に寄る。「かつら」は季節料理店であったが、七、八年前にバーになった。

料理店であった頃から通っていたが、或る夜、店主がかたわらに坐り、今度、店内改装をするが、どうせやってもらうなら常連の方がいいと思うので、旦那、手洗いの配管をやってよ、と言った。私は、なぜか建築または警察関係者にまちがわれることが多いので、またか、と思い、今はやっていない、すまないね、と答えた。

その後、小説家と知られたが、配管の話を持ち出すたびに、かれは苦笑して、私の前をすーっとはなれてゆく。もういい加減時効だからやめにしておこうと思うのだが、幼い頃、音羽ゆりかご会にぞくしていたという童顔の残るかれと向い合うと、そのことを口にしたくなる。かれは、戦後、進駐軍の基地で歌をうたっていたので、「テネシーワルツ」「ダニーボーイ」は絶品。

某月某日

ジェット機で長崎空港につき、県庁の人の出迎えをうけて車で長崎の町に入る。昭和三十九年以来、小説の資料調べその他で七十八回目の長崎行である。今回は県庁主催の「長崎学講座」での講演のためで、午后六時から二時間、「シーボルトから開国まで」という題で話す。聴衆は熱心にきいてくれる。

県庁招待の会食後、雨の中をバー「マドリード」「パウアウ」をまわって飲む。

翌日は、長年、お世話になった元県立図書館長の永島正一氏の自宅にゆく。今年の夏に病死し、告別式に出席したかったが、当日は講談社社長の葬儀があり、長崎ゆきを断念した。

永島氏の遺影を見つめながら焼香し、夫人と話をして辞し、石段をおりる。長崎へゆく度に氏と酒を酌《く》み合い、その話から小説の素材も得た。氏が逝《い》ってまことに淋しく、タクシーを拾い新地の「福寿」で皿うどんを食べる。こんなうまいものがほかにあるだろうか、と、いつものように思いながら箸《はし》を動かす。

夜は、小料理屋「はくしか」で小いわしの刺身とおでんに堪能しながら飲み、常連らしい中年の男に誘われて「アイアイ」というバーに寄り、クラブ「ボンソワール」にゆく。女主人はあいにく福岡へ行っていて、彼女の夫としたたかに飲む。グラスを重ねながら、長崎はいいなあ、また来たいな、としみじみ思う。ホテルにもどったのは午前一時であった。

某月某日

母校である第四日暮里小学校の創立七十周年記念祝賀会に出掛ける。正午すぎに開会。卒業生の原文兵衛参議院議員が祝辞を述べた後、私も指名されて短いスピーチ。

閉会は、鳶《とび》の頭《かしら》が一本じめ。旧友の浅岡、土方、高橋君と歓談し、女子組の人もまじえて、戦前からあった「千長」というそば屋に入ってビールを少々。駅近くの中野屋で佃煮を買い、電車に乗って帰る。

某月某日

久しぶりに新宿へ出る。三十歳の頃、厚生年金ホールの前の道をへだてたビルにある事務所に勤めていたことがあるので、新宿にはなじみの店が多くできた。四十代には、夜、五、六軒を梯子酒《はしござけ》をして歩く癖《くせ》があったので、百近い店を知っていた。

しかし、今では十店ぐらいで、その一つである「山下」にゆく。季節料理店であったが、別の場所でバーを開いている。六十代の女店主は引退し、息子がバーをやっている。前回来たのは、大相撲の一月場所を観ての帰りだったというから、御無沙汰もいいところだ。

ついでに他の店へもまわろうと、改装成った「しろ」に寄る。風格のある初老の客が一人飲んでいたが、出版社の経営者で、尊敬していたという外村繁さんの話をきく。ついでバー「道」にも足をのばす。店主とは小説で生活ができるようになって間もなく知ったから、二十年来の付合いだ。気持よく話をしながら飲み、タクシーで御帰館。一時近くで、午前様になったのも、これも久しぶりのことだ。

某月某日

家の近くの「富寿司」で、ソフトボールチームの準優勝祝いの集りがあり、サンダルをつっかけて出掛けてゆく。「富寿司」の常連を中心に「四十がらみ」と称するチームができ、私は、いつの間にか総監督にされていた。

毎日曜日の朝、近くの広場で猛練習をして試合にのぞむが、いつも初回で大量点をとられ、コールド敗けを繰返した。練習もしない主婦だけのチームに敗けた時は、情けなさに涙も出なかった。

その後、威勢のいい三十代の男性が徐々に加わり、それにともなって勝つことも多くなって、チームの者たちは、町内の大会で三位になった時、酒が入ると涙ぐむほど喜んだ。そして、遂に準優勝の栄をかちとったのだ。

賞状を前に祝杯をあげたが、壁にはられたチーム構成表をみた私は、総監督ではなく名誉会長となっているのに気づいた。いつの間にか棚上げされていて、これでは今に元名誉会長にされてしまうかも知れない。いずれにしても気のいい人ばかりで、私も嬉しくなって杯をかさねた。

某月某日

朝食時に、ビール、と言うと、妻は不審そうな顔をした。私が夜以外に酒を飲まないのを知っているからである。

私は、二年前から取り組んでいた書下し長篇を脱稿した後、新年号の文芸誌二誌にそれぞれ短篇小説を書き終え、これで今年の仕事はすべて終えたからだ、と言った。妻は、それはよかったわね、と言い、ビール瓶を私の前に置いてくれた。なんともうまいビールで、食事を終えた後、再びベッドにもぐりこんだ。

（昭和63年2月号）

編者あとがき

吉行淳之介

「小説現代」の名物ページである「酒中日記」は、昭和四十一年一月号にその第一回が掲載になっている。

「小説現代」の創刊は、昭和三十八年二月号からで、もう四半世紀を越した。その創刊号から、私は人物インタビューのようなものを二十三回連載した。そんな縁で、「酒中日記」の第一回を依頼されたわけだ。こういうリレー式連載のトップバッターというのは、なかなか難しい。その書き方によって、連載の性格がきまる面がある。

いま、自分のその文章を読み直してみた。川上宗薫と日沼倫太郎の名が、いきなり出てきた。そのあと、矢牧一宏の名もみえるが、三人とも鬼籍に入った。三人の友人について色々おもい出すが、酒飲みは死ねば「安息の地」に行ける恩典があるということを、付け加えておこう。

私のその日記の「某月某日」には、六軒のハシゴ酒をしていて、多量の酒をチャンポンで飲んでいる。ただし、その翌日のところには強烈な二日酔の記述がある。あの頃は元気だった、ということか、あるいはあの頃から弱りはじめた、ということなのか。

また、これらの行間に隠れている事柄がいくつかあって、それらを思い出して興味深かった。読者はそれを知ることはできないにしても、記述からはみ出す気配を感じ取ることはできる筈である。このことは、ほかの筆者の文章についても、当て嵌まるだろう。

酒の飲み方は百人百様で、それぞれの個性が出ていて興味は尽きない。

酒を通じての交友、華やかな祝い酒、酒乱とその翌日の後悔の時間、大酔しての活躍状況、いくら飲んでも底なしの人物、一滴も飲めないのに雰囲気で酔っぱらってしまう人物、すこしも酔っていないようでじつは朦朧としている人物。
……その他いろいろ、各種各様のタイプが揃っている。

本書は、一九八八年に講談社より刊行された『酒中日記』から収録・再編集しました。

中公文庫

酒《しゅ》中《ちゅう》日《にっ》記《き》

2005年3月23日　初版発行
2019年1月25日　4刷発行

編　者　吉《よし》行《ゆき》淳《じゅん》之《の》介《すけ》

発行者　松 田 陽 三

発行所　中央公論新社
〒100-8152　東京都千代田区大手町1-7-1
電話　販売　03-5299-1730　編集　03-5299-1890
URL http://www.chuko.co.jp/

DTP　平面惑星
印　刷　三晃印刷
製　本　小泉製本

Published by CHUOKORON-SHINSHA, INC.
Printed in Japan　ISBN978-4-12-204507-1 C1195

中公文庫既刊より

各書目の下段の数字はＩＳＢＮコードです。978－4－12が省略してあります。

よ-17-12
贋食物誌《にせしょくもつし》
吉行淳之介
たべものを話の枕にして、豊富な人生経験を自在に語る、洒脱なエッセイ集。本文と絶妙なコントラストを描く山藤章二のイラスト一〇一点を併録する。
205405-9

よ-17-10
また酒中日記
吉行淳之介 編
銀座や赤坂、六本木で飲む仲間との語らい酒、先輩たちと飲む昔を懐かしむ酒――文人たちの酒にまつわる出来事や思いを綴った酒気漂う珠玉のエッセイ集。
204600-9

よ-17-11
好色一代男
吉行淳之介 訳
生涯にたわむれし女三千七百四十二人、終には女護の島へと船出し行方知れずとなる稀代の遊蕩児世之介の物語が、最高の訳者を得て甦る。〈解説〉林　望
204976-5

よ-17-13
不作法のすすめ
吉行淳之介
文壇きっての紳士が語るアソビ、紳士の条件。著者自身の酒場における変遷やダンディズム等々を通して「人間らしい人間」を指南する洒脱なエッセイ集。
205566-7

よ-17-14
吉行淳之介娼婦小説集成
吉行淳之介
赤線地帯の疲労が心と身体に降り積もり、街から抜け出せなくなる繊細な神経の女たち。「赤線の娼婦」を描いた全十篇に自作に関するエッセイを加えた決定版。
205969-6

う-9-4
御馳走帖
内田　百閒《ひゃっけん》
朝はミルク、昼はもり蕎麦、夜は山海の珍味に舌鼓をうつ百閒先生の、窮乏時代から知友との会食まで食味の楽しみを綴った名随筆。〈解説〉平山三郎
202693-3

う-9-5
ノラや
内田　百閒
ある日行方知れずになった野良猫の子ノラと居つきながらも病死したクルツ。二匹の愛猫にまつわる愛情と機知とに満ちた連作14篇。〈解説〉平山三郎
202784-8

う-9-6
一病息災
内田百閒
持病の発作に恐々としつつも医者の目を盗み麦酒をがぶがぶ……。ご存知百閒先生が、己の病、身体、健康について飄々と綴った随筆を集成したアンソロジー。
204220-9

う-9-7
東京焼盡《しょうじん》
内田百閒
空襲に明け暮れる太平洋戦争末期の日々を、文学の目と現実の目をないまぜつつ綴る日録。詩精神あふれる稀有の東京空襲体験記。
204340-4

い-42-3
いずれ我が身も
色川武大
歳にふさわしい格好をしてみるかと思っても、長年にわたって磨き込んだみっともなさは変えられない――永遠の〈不良少年〉が博打を友を語るエッセイ集。
204342-8

た-34-4
漂蕩の自由
檀一雄
韓国から台湾へ。リスボンからパリへ。マラケシュで迷路をさまよい、ニューヨークの木賃宿で安酒を流し込む。「老ヒッピー」こと檀一雄による檀流放浪記。
204249-0

た-34-6
美味放浪記
檀一雄
著者は美味を求めて放浪し、その土地の人々の知恵と努力を食べる。私達の食生活がいかにひ弱でマンネリ化しているかを痛感せずにはおかぬ剛毅な書。
204356-5

た-34-7
わが百味真髄
檀一雄
四季三六五日、美味を求めて旅し、実践的料理学に生きた著者が、東西の味くらべはもちろん、その作法と奥義も公開する味覚百態。〈解説〉檀太郎
204644-3

た-34-5
檀流クッキング
檀一雄
この地上で、私は買い出しほど好きな仕事はない――という著者は、人も知る文壇随一の名コック。世界中の材料を豪快に生かした傑作92種を紹介する。
204094-6

う-30-1
「酒」と作家たち
浦西和彦編
『酒』誌に掲載された川端康成ら作家との酒縁を綴った三十八本の名エッセイを収録。酌み交わし、飲み明かした昭和の作家たちの素顔。〈解説〉浦西和彦
205645-9

各書目の下段の数字はISBNコードです。978－4－12が省略してあります。

う-30-2　私の酒　『酒』と作家たちII　浦西和彦編

『酒』誌に寄せられた、作家による酒にまつわるエッセイ四十九本を収録。酒の上での失敗や酒友と過ごした時間、そして別れを綴る。〈解説〉浦西和彦

206316-7

お-2-10　ゴルフ酒旅　大岡昇平

獅子文六、石原慎太郎ら文士とのゴルフ、一年におよぶ米欧旅行の見聞……。多忙な作家の執筆の合間には、いつも「ゴルフ、酒、旅」があった。〈解説〉宮田毬栄

206224-5

く-25-1　酒味酒菜　草野心平

海と山の酒菜に、野バラのサンドウィッチ……。詩作のかたわら居酒屋を開き、酒の肴を調理してきた著者による、野性味あふれる食随筆。〈解説〉高山なおみ

206480-5

こ-30-3　酒肴《しゅこう》奇《き》譚《たん》　語部《かたりべ》醸児《じょうじ》之《の》酒肴譚《しゅこうたん》　小泉武夫

酒の中し子「諸白醸児」を名乗る醸造学の第一人者で、東京農大の痛快教授が〝語部〟となって繰りひろげる酒にまつわる正真正銘の、とっておき珍談奇談。

202968-2

な-52-4　文豪と酒　酒をめぐる珠玉の作品集　長山靖生編

漱石、鷗外、荷風、安吾、太宰、谷崎ら16人の作家と白秋、中也、朔太郎ら9人の詩人の作品を厳選。酒に託された憧憬や哀愁がときめく魅惑のアンソロジー。

206575-8

ま-17-14　文学ときどき酒　丸谷才一対談集　丸谷才一

吉田健一、石川淳、里見弴、円地文子、大岡信ら一流の作家・評論家たちと丸谷才一が杯を片手に語り合う。最上の話し言葉に酔う文学の宴。〈解説〉菅野昭正

205500-1

よ-5-8　汽車旅の酒　吉田健一

旅をこよなく愛する文士が美酒と美食を求めて、金沢へ、そして各地へ。ユーモアに満ち、ダンディズムが光る汽車旅エッセイを初集成。〈解説〉長谷川郁夫

206080-7

よ-5-11　酒談義　吉田健一

少しばかり飲むというの程つまらないことはない――。飲み方から各種酒の味、思い出の酒場まで、ユーモラスに綴る究極の酒エッセイ集。文庫オリジナル。

206397-6